KB138507

하
린

하 민명기 장편소설

린

중앙books

제 1 부

제2부

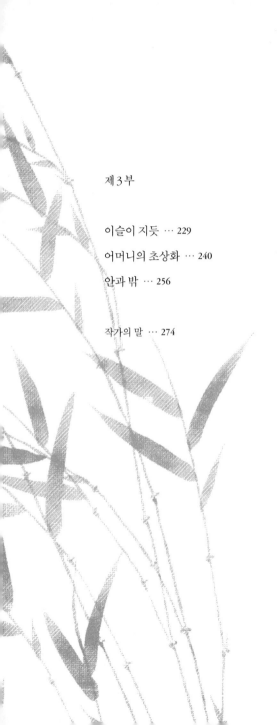

제3부

제
1
부

계동에서 전갈이 왔다. 혼인 날짜를 또 미루자는 것이다. 서찰을 전하러 온 통인은 모든 게 자신의 허물이라는 듯 몸 둘 바를 모르고 절절맸다. 품고 온 편지를 전하고는 물 한 모금 마시지도 않고 도망치듯 돌아가는 것이었다. 그 뒤를, 강시가 급히 쫓아나갔다.

"잠깐, 뭐가 그렇게 급하신가?"

계동 댁으로 말하자면, 사실 통인을 부릴 형편이 아니었다. 집 안이 몰락하며 부리던 하인들이 벌써 다 없어진 지 오래였다. 다만 이 양씨 영감만이 나이가 많아 어디 갈 곳이 없기도 하거니와 선대 적부터의 의리를 생각해서 아직 그 댁에 남아 있는 터였다. 물이나 긷고 장작이나 패고 밥 세 끼나 얻어먹으며 말이다.

"마님께서 위중하시다는 거, 참말인가? 그 참 큰일이네, 어서

쾌차하셔야 할 터인데……."

통인인 양씨 영감의 손에 동전 몇 닢을 쥐어 주고는 은근히 눈
치를 살폈다.

"예, 뭐 그렇기도 하고…… 하여튼 그렇습니다."

개운치 않게 얼버무린 통인, 꽁지가 빠져라 걸음을 재촉해서
달아난다. 멀어지는 뒷모습을 바라보던 강시가 혀를 끌끌 찼다.
자신의 짐작이 역시나 틀리지 않은 것이었다.

"그러면 그렇지, 신랑감이 또 달아난 게야."

계동에서 온 하인이 돌아가고 얼마 후, 고모님 정화당께서 하
린을 불렀다. 방에 들어선 하린이 두 손을 가지런히 모으고 섰다.
손짓으로 하린을 앉힌 정화당이 어렵게 입을 열었다.

"아가, 계동 마님께서 요즈음 들어 건강이 부쩍 좋지 않으신 모
양이다. 그래서 부득이 네 혼인 날짜를 미루어야겠다고 하시는구
나."

"……"

"그리 알고 너무 마음 쓰지 마라. 이번에는 신랑이 싫다는 것이
아니니 말이야. 듣고 있니?"

하린이 작은 소리로 겨우 답을 한다.

"예, 고모님."

"일이란 다 때가 있는 것인데…… 아직 네가 혼인을 할 때가 아
닌가 보다."

똑똑한 만큼 눈치 빠른 하린이었다. 그녀도 대강은 알고 있었다. 계동에서 사람이 왔다며 심부름하는 계집아이가 촐랑대고 달려와 고했을 때, 불길한 소식임을 짐작할 수 있었던 것이다.

'또 시할머님 되실 분의 병환이라니······.'

참으로 궁색한 핑계다. 벌써 몇 번째인가? 이런 수모를 또 어떻게 감당해야 할 것인가. 하린은 죽고만 싶은 심정이었다.

"그리 알고 가 있거라."

"예, 알겠습니다."

겨우 대답을 한 하린이 방을 나섰다. 정화당으로서도 조카딸 하린을 마주 볼 면목이 없고 하린 입장에서도 고모 볼 낯이 없는 터였다. 고모님 정화당 마마의 속마음이 어떠실지, 말씀은 안 하시지만 알고도 남음이 있었다.

명성황후 참변 후 고종임금의 왕비로 간택되었으나 결국은 가례조차 치르지 못하고 외롭게 혼자 늙으신 분이 바로 고모님 정화당이었다. 더구나 하린의 혼처를 정하신 것도 바로 그분이었다.

"충의공의 종손이 인물도 출중하고 사람 됨됨이도 훌륭하다고 들었다. 오 남매의 맏이로 너보다 네 살이 위란다. 그 댁과 혼인이 이루어지면 너는 충의공 어른의 종손부가 되는 게다. 그 댁의 가세가 많이 기울었다만, 충신의 집안이란 으레 그런 것 아니냐? 이런 시절에 호사를 누리고 사는 것도 자랑은 아니니라."

하린이 열다섯 살이던 때다. 신랑 댁인 계동 민씨 댁과 정화당이 있던 수표동을 부지런히 오간 매파 덕으로 혼인이 성사되었다.

정화당은 몹시 기뻤다. 흡족하지 않을 수 없었다. 친일파란 오명에 시달리며 엄 상궁의 감시 아래 일생을 죄인처럼, 게다가 처녀의 몸으로 늙은 자신이었다. 그런 자신이 기른 조카딸이 만고의 충신으로 추앙받는 충의공의 종손부가 된다. 자랑스러운 일이었다. 그로써 모든 수모를 씻어낼 수 있을 터였다.

신랑감은 어디에 내놓아도 빛이 날 만큼 훤칠한 장부였다. 시댁 어른들 또한 인품이 좋으시다는 소문이었다. 하나 마음에 걸리는 것이 있다면 충의공의 아드님이자 신랑감의 아버님이 그 많던 재산을 다 탕진해, 지금은 가세가 많이 기울고 형편이 어렵다는 사실. 하지만 정화당의 말처럼 '충신의 집안이란 으레 그런 것'인지도 몰랐다.

그렇게 결혼이 결정되었다. 하린이 화강 소학교를 졸업하던 해의 일이었다.

그런데 이게 무슨 변고란 말인가. 열다섯에 약혼을 하고는 스물셋이 된 지금까지 혼인은 무려 대여섯 번이나 미루어졌다.

그 이유도 다양했다. 약혼을 할 무렵, 신랑감 민병수가 아직 학생이며 곧 고보(고등보통학교. 지금의 고등학교)를 졸업할 터이니 그때 되어 결혼을 하자고 한 것이 처음이었다. 그러던 것이 다음에는 신랑이 고보를 중도에 그만두고 일본으로 유학을 간다고 해서 미뤄지고, 일본에서 돌아와서는 직장이나 구한 뒤 혼인을 하겠다고 해서 또 미뤄졌다. 또 한 번은 집안이 아직 새 식구를 맞을 형편이 안 된다는 구실에, 또 한 번은 할머님 병환이 위중하다는 구실까지. 구구절절 이런저런 사연 속에 혼인은 봄에서 가을로, 가을에서 다시 봄으로 속절없이 미루어졌던 것이다. 그렇게 기다린 것이 올해로 8년째였다.

하린의 친모 백낙지(白樂芝). 그녀는 딸이 소학교(지금의 초등학교)를 졸업하자 여학교(지금의 여중고)에 보내고 싶어 했다. 그러나 시누님인 정화당 마마가 생존해 계신 이상 어림도 없는 일이었다. 백낙지 자신이 배 아파 낳은 자식이긴 해도, 정화당은 집안의 제일 웃어른이자 하린을 핏덩이 때부터 데려다 손수 기른 분이었다. 하린의 일에 대해서는 모든 것을 정화당에게 맡길 수밖에 없는 그녀였다.

학교는 구경도 못 하고 집에서 한문이나 깨우치던 하린이 뒤늦게 화강 소학교에 입학한 것은 아홉 살 무렵이었다. 이것도 순전히 어머니 백낙지의 눈물 어린 호소와 설득 덕에 가능한 일이었다.

백낙지는 중인 집안의 딸이었지만 그즈음 막 시작된 여자학당에서 신식 교육의 혜택을 누린 여인이었다. 그렇기에 '여성도 앞으로는 교육을 받아야 한다'는 의식을 더욱 분명하게 가지고 있었다. 자신은 아버지뻘이나 되는 양반의 후처로 결혼을 해온 입장이지만, 자식들은 반드시 학교 교육을 받아 더 큰 인물로 성장

하기를 바랐던 것이다. 딸 하린의 소학교 졸업이 가까워질 즈음, 그녀는 팔판동에서 정화당이 계신 수표동까지 매일 아침 문안을 드리러 가다시피 했다. 그러고는 이렇게 읍소하곤 했다.

"마마님, 앞으로는 여자들도 학교를 보내야 합니다. 그래서 신학문을 배우게 해야 합니다. 예전과는 세상이 달라졌습니다. 배우지 못하고 학교를 나오지 않으면 제대로 대접을 받지 못하는 날이 올 것입니다."

그러나 정화당의 마음은 전혀 움직이지 않았다.

"하린이는 학교 교육은 그만하면 되었소. 난 여자아이들이 책보 끼고 밖으로 나다니는 것이 과히 아름답지 않습디다. 게다가 하린이는 소학교 가느라고 중단한 공부를 다시 시작해야 할 터인데, 다시 또 학교를 보내자니……."

하린 역시 여학교로 진학하고 싶은 마음이 없을 리 없었다. 그래서 혹시나 하는 간절한 마음에 숙명학교 입학원서를 사다 놓기도 했다.

그러나 막상 시험 날 아침에는 고모님의 반대로 시험을 치러 갈 수도 없었다. 그즈음에는 혼자 밖에 나가는 것조차 허용되지 않았다. 혼인을 앞둔 규수가 혼자 밖으로 나다니는 것을 온당치 못한 것으로 생각했던 것이 고모님과 집안의 분위기였다. 그를 감히 거역할 용기가 하린에게는 없었다.

하린으로서는 가슴이 무너질 일이었다. 세상이 모두 원망스러웠다. 문밖으로 검은 치마 흰 저고리에 책보를 끼고 지나는 또래들이 보일 때면, 밥도 안 먹고 혼자 울기도 많이 울었다.

하긴 세상이 그만큼 험악하기도 했다. 일본 사람들이 전장으로 처녀들을 끌고 간다고 설치던 때였다. 하린처럼 다 자란 처녀가 머리를 땋고 다니면 일본 사람들이 잡아다가 정신대로 보낸다며 모두 겁을 내던 시절이었다.

화강 소학교 때 함께 학교를 다니던 동네 친구 득남이가 실제로 그렇게 당했다. 득남이는 집안 사정으로 화강 학교를 중도에 그만두고 여기저기 남의 집 일을 다니는 어머니를 도와 동생들 돌보며 살림을 하던 아이였다. 하루는 양복을 번듯하게 차려입은 남자가 득남이를 찾아왔다.

"다 큰 처녀가 집에서 놀면 뭐하겠니? 그러지 말고 나 따라 일본에 가면 큰 돈벌이를 할 수 있는 길이 있는데……."

그렇게 꾀는 바람에 아무도 모르게 그 사람을 따라나선 득남이는, 그 길로 일본으로 보내져 어느 일본 사람의 첩이 되었다. 그 생활이 편할 리 없었다. 그 집 안주인과 자식들의 구박이 심했고 말도 통하지 않았으며 바보같이 속고 만 자신의 처지가 분해 참을 수 없었던 것이다. 결국 그 집에서 맨손으로 도망쳐 나와 조선으로 가는 배를 타겠다고 헤맸다.

일본 말이 신통치 않던 득남이는 다시 부산까지 보내주겠다는 어떤 사람을 따라가서 배를 탔는데, 내리고 보니 부산이 아니고 중국이었다. 중국 어딘지도 모를 곳으로 끌려가서는 일본 군인들을 상대하는 '위안소'로 넘겨졌다. 거기서 죽음보다 더한 고통을 몇 해나 겪었다. 몹쓸 병에 걸려서야 다시 조선으로 보내진 득남이는, 결국 집에 와서 몇 날을 앓다가 죽고 말았다.

그런 일이 있고 나서, 특히나 딸 가진 동네 사람들은 모두 몸서리를 쳤다. 이후로는 외부 사람이 집에 오는 것도, 딸아이가 문밖으로 나가는 것도 꺼리는 분위기가 더욱 심해질밖에 없었다.

하린의 어머니 백낙지가 나이 많은 광산 김씨의 후처로 시집을 온 것은 열일곱 살 때였다. 오로지 양반과 혼인을 시켜보겠다는 부모 욕심 탓이었다. 시집와 보니 자신보다 나이가 훨씬 많은 며느리가 둘이나 있었다. 그 둘 모두 소년 과부로, 자식 하나 없이 한집에서 시아버지를 모시고 사는 형편이었다.

열일곱 살의 새 시어머니 백씨는 시집을 오자마자 아이를 연달아 낳기 시작했다. 배가 불러올 때마다 며느리들이며 아랫사람들 보기 부끄러워 고개를 들지 못하고 지냈지만, 하린을 시작으로 잇따라 셋이나 더 낳았다.

그러니 맏이 하린은 젖이 부족한 탓에 늘 울고 보채는 게 일이었다. 견디다 못한 하린의 부친이 혼자 외롭게 늙어가던 자신의 누님 정화당 마마께로 하린을 보냈는데, 그것이 정화당 손에서 하린이 자라게 된 계기가 된 것이다.

혼자 늘그막을 보내던 정화당은 하린을 몹시 사랑했다. 아이를 낳아보지 못한 정화당과 그녀를 모시던 나인은 쌀가루 죽을 먹이며 우는 아이를 달래고 얼러가며 키웠다.

정화당은 하린에게 부모 이상이었다. 하린으로서는 이상하게 꼬여가는 자신의 혼인 문제로 고모님을 원망할 처지가 아니었다. 그로 인해 고모님이 속앓이 하시는 것이 오히려 죄송하고 미안할 따름이었다.

차일피일 미루어지는 혼인으로 인해 혼자 속을 태우던 하린은, 그로 인해 젖가슴 곪는 병을 앓기도 했다. 고모님과 나인 강시는 이 일이 혹시라도 계동에 알려질까 여간 염려가 아니었다. 집 안사람들 입단속을 단단히 시키는 한편, 의원으로 하여금 하린의 얼굴을 가리고 진료를 보게 했다.

이래저래 하린은 집안에 갇혀 사는 신세로 지낼 수밖에 없었다. 세상이 어떻게 돌아가는 건지 답답하기만 했다. 문밖 이야기라고는 이따금 할아범을 데리고 밖으로 나가 볼일을 보고 온 강시가 전해주는 소문이 전부였다.

지루하고 힘든 시절이 그렇게 한 해 한 해 흘러갔다.

정화당의 한숨

계동에서 사람이 왔을 때, 불길한 소식임을 짐작한 것은 하린만이 아니었다. 정화당 역시 가슴이 덜컥 내려앉았다.

'또 무슨 일인가? 정경부인이 병환 중이시라더니 혹시나 혼인 날짜를 다시 물리자는 전갈인가?'

불길한 짐작은 결국 사실로 밝혀지고, 심부름 온 통인에게는 별 내색을 않은 채 마님의 안부며 민씨 댁 대소가의 안부를 차례로 묻고 인사를 차린 뒤 돌려보내기는 했다. 그러나 땅을 치고 통곡을 하고 싶은 심정이었다.

'혼인을 또 미루자니. 저 아이 앞날이 어찌되려나? 내 신세가 그러했듯 혼자 늙고 마는 것 아닌가? 일이 대체 어떻게 되려나. 내가 왜 이 혼사를 정했을꼬.'

신랑감인 민병수의 얼굴이 불현듯 떠올랐다. 어느 해인가, 정경부인 박씨께 인사를 드리러 갔을 때였다. 정경부인이 손자를 들라고 하여 정화당에게 인사를 시켰다. 공손히 절을 올리던 그 청년의 모습. 처음으로 보는 그의 실물이었다.

하린보다 머리 하나는 더 있을 듯 훤칠한 키에 눈이 시원하며 하관이 충실하여 믿음직스러운 인상이었다. 한마디로 귀골의 풍모였다. 아름답고 조신한 조카딸 하린의 배필로는 더할 나위 없이 훌륭해 보였다.

장안에 떠도는 소문으로는 그 댁의 그 많던 재산을, 신랑의 아버지대에 다 탕진하고 지금은 병환으로 누워 계신 박씨의 방에 불조차 지피지 못하는 날이 있을 지경으로 가세가 기울었다는 것이다.

어릴 적에 젖도 제대로 얻어먹지 못해 그런지 약하디약한 하린이 그 댁으로 들어가면, 그러니 고생이 이만저만 아닐 터였다. 그러나 사람이 밥만 먹고 사는 것은 아니지 않은가? 나라가 망했다고 하지만, 어디 반상(班常)의 구별이야 없어지는 것인가?

충신의 집안이 몰락하는 것은 대체로 있는 일이었다. 더구나 충의공은 일본의 합방 기도에 항거하여 자결을 한 분이시다. 지금과 같은 세상에 그 후손들이 빛을 보지 못하는 것은 오히려 당연한 일이라 해야 할지 몰랐다.

'죄 없는 나를 친일로 몰던 인사들을 생각해서라도, 이 결혼은

꼭 성사를 시켜야 한다.'

그렇게 다짐했던 정화당이었다. 그런데 계속해서 혼인을 늦추자는 전갈뿐이니 이게 어찌된 변고인가. 만에 하나라도 이 혼인이 성사되지 않는다면, 하린 역시 자신처럼 처녀로 한평생을 홀로 늙어야 할 판이었다. 무려 8년을 끌어온 결혼이 파혼된다 해서 다른 곳으로 혼인을 시킬 수는 없는 노릇이었다. 그건 법도가 아니었다.

한 맺힌 자신의 과거가 절로 떠올랐다. 신랑이라는 사람을 살아서는 얼굴 한 번 보지 못하고 시신이 되고 나서야 겨우 그 얼굴을 볼 수 있었다. 신랑은 다름 아닌 태황제 고종이었다.

명성황후를 살해하여 불태워버린 일인들이 성난 백성들의 민심을 달래고자 친일 인물들을 내세워 급히 진행한 간택이었다. 그래서 신랑인 고종은 그녀를 결코 약혼녀로 인정하지 않았다. 얼굴 한 번을 보려 하지 않았다.

이 간택을 나서서 주선한 인물은 이름난 친일파였으니 그녀 역시 그의 사람으로 간주되는 것도 이상한 일은 아니었다.

그러던 중에 '춘생문 사건'이 터졌다. 간택이 있고 얼마 지나지 않아서였다. 사건이 나기 하루 전, 갑자기 궁에서 사람이 나왔다.

"태황제께서 병환이 위중하십니다. 오늘 중으로 입궐할 준비를 서두르십시오."

이 무슨 변고란 말인가? 아직 가례도 치르지 않았는데 남편 될 사람의 병이 위중하다니. 마음의 준비를 할 사이도 없이, 곧바로 궁에서 보내온 가마를 타고 경복궁으로 들어갔다. 그러나 그녀가 당도한 곳은 태황제가 계시는 곳도, 곤전의 처소도 아니었다. 구석진 전각의 한 모퉁이였다. 정화당은 영문도 모르는 채 그곳에서 밤을 꼬박 새웠다. 이제나저제나 자신을 주상님께로 데려갈 상궁을 기다리면서.

다음 날 저녁, 궁이 발칵 뒤집혔다. 춘생문을 통해 궁을 빠져나가려던 고종이 그만 발각이 되고 만 것이다. 그제야 그녀는 자신을 왜 갑자기 궁으로 데려왔는지 어렴풋이 짐작할 수 있었다.

고종을 경복궁에서 탈출시키려던 이들이 수를 쓴 것이었다. 거사 전날, 궁을 감시하던 일인들의 눈을 속일 요량으로 사저에 살고 있던 정화당을 급히 궁으로 데려간 것이었다.

결국 춘생문 사건은 친일 쪽 사람의 밀고로 거사 직전 탄로났다. 사건에 연루된 사람들은 모두 죽임을 당하거나 축출을 당하고 끝이 났다. 정작 아무것도 모르는 채 궁으로 실려온 정화당의 입장은 더욱 난처해졌다. 친일파라고 왕실의 미움을 받던 그녀가, 하루아침에 반역에 가담한 인물로 여겨져 일인들의 감시와 협박을 받게 된 것이다.

정화당이 겨우 안정을 찾은 것은 슬프게도 고종 황제가 돌아가고 나서였다. 간택이 되고 20년이 지난 후였다. 생각하면 할수록 분하고 기막힌 세월이었다.

돌아보면 볼수록, 거대한 물결에 휩쓸려 이리 밀리고 저리 밀리는 나뭇잎과 같은 나날이었다. 그런데 온갖 정성으로 기른 하린의 인생마저 자신의 전철을 밟게 되나 싶어 불안한 마음을 가라앉히기가 힘들었다.

"그때 인천에서 배를 여러 척 부린다며 하린을 며느리 삼고 싶어 하던 그 집으로 보낼걸 그랬나……."

혼인이 어찌 될지 첩첩산중 안갯속인 데다, 겨우 성사된다 하여도 실상은 마음 편치만은 않을 노릇이었다.

건들면 쓰러질 것만 같은 저 아이가 과연 종부 노릇을 제대로 할 수나 있을 것인가. 그 어려운 살림에 시할머니 병 수발이며 수많은 시댁 식구들을 모시고 거느리며 살림을 꾸려나갈 수 있을까.

그뿐인가. 그 댁에서 팔려 나온 삼층장이며 기물들이 안국동 어느 전(상점)에 있다는 둥, 충의공이 쓰시던 관대(관복을 두르던 허리띠)까지 시전에 나돈다는 둥, 집안사람들이 밖에서 듣고 와 은근히 알리는 소문들은 대체로 그녀의 마음을 산란하게 만드는 것들뿐이었다.

"어찌할꼬. 이 혼인을 해도 걱정 안 해도 걱정이니……."

정화당이 긴 한숨을 내쉬었다. 문갑 위에 놓인 염주를 집어든 그녀가 산란한 마음을 달래본다.

"정구업진언 수리수리 마하수리 수수리사바하……."

민병수

어제 저녁, 삼촌이 영동 하숙집으로 병수를 찾아왔다.

"할머님 병환이 위중하시니 내일 나하고 서울로 가야겠네."

"많이 위중하신가요?"

조카이기는 하지만 종손이기에, 삼촌은 병수에게 말을 놓지 않았다.

"할머님께서 자나 깨나 조카를 보고 싶어 하시는데, 돌아가시기 전에 소원을 풀어드려야지 않겠나."

날이 밝고 아침 일찍, 어찌 하는 수 없이 삼촌 따라 기차를 타고 서울로 향했다. 그러나 가는 내내 의구심을 떨쳐버릴 수 없었다.

할머니께서 위중하시다니? 지난번 뵐 때만 해도 좋아 보였는데, 그새 얼마나 됐다고 위중하시다는 것인가? 삼촌 말씀처럼 할머님 병환이 그렇게 위중하다면, 그 역시 의심스러운 노릇이다. 전보를 쳐서 부르면 불렀지, 삼촌이 몸소 영동까지 오지는 않으셨을 터이다. 곁에서 할머님을 지키고 있어야 했을 터이니 말이다. 게다가 할머니가 위중하다고 말씀하는 얼굴이 저리도 편안하다니.

'아니야. 그렇지 않을 게야. 내가 바보같이 속고 말았군.'

흔들리는 기차 안에서, 병수는 피식 웃고 말았다. 혼인 날짜 때문에 닦달을 받은 게 그간 한두 번이 아니었다. 이번에도 역시 그 지겨운 혼인 문제로 자신을 잡으러 영동까지 찾아온 게 분명했다.

마침내 기차가 서울역에 도착했다. 일단은 객차에서 내려 삼촌을 따라가기로 했다. 서울역은 엄청나게 분주했다. 전국에서 가장 번잡한 곳이었다. 기차를 타려는 사람과 배웅 나온 사람, 기차에서 내린 사람과 마중 나온 사람들로 발 디딜 틈이 없었다.

그 인파 속에서, 앞서 걷던 병수가 몇 걸음 뒤에서 따라오던 삼촌을 감쪽같이 따돌렸다. 쓰고 있던 중절모를 벗어 감추고 사람들 틈으로 재빨리 숨어버린 것이다.

병수의 키가 주변 사람들보다 훨씬 큰 덕에, 삼촌은 사람들 머리 위로 한 뼘이나 솟은 병수의 모자만 보고 뒤를 따르던 중이었다. 그런데 앞서 가던 모자가 어느 틈에 없어진 것이다. 이런, 낭패세. 인파 속에서 그만 병수를 놓친 삼촌이 어리둥절, 가슴을 쳤다.

병수는 사람들 틈을 비집어 오던 길을 되짚어가기 시작했다.

뛰다시피 개찰구로 향했다. 삼촌에게 다시 붙잡힌다면, 워낙 성품이 부드러운 분인지라 크게 화를 내거나 면박을 주진 않으실 테지만, 어쨌거나 계동 본가로 끌려갈 수밖에 없을 터였다. 그러고는 자신의 혼인 문제로 또 곤욕을 치러야 할 터였다.

스물일곱 살. 다른 친구들 같으면 이미 가정을 꾸리고 아이를 서넛은 낳았을 나이다. 그러나 결혼은 지금 병수에게 당치 않은 호사였다. 군청 월급으로는 혼자 연명하기도 버거운, 그 좋아하는 책도 한 권 사 보기 힘든 형편이었다. 본가로 말하자면 아직 학교에 다니는 동생들이 셋이요, 병환 중인 할머님과 혼자된 어머니, 게다가 생계를 위해 그 많은 방마다 세를 놓는 바람에 온 식구가 큰 방 하나에서 지내는 중이다. 이 형편에 새 식구를 어디로 데려온단 말인가? 무책임한 일이었다. 생각할수록 끔찍한 일이었다.

"어째서 죄 없는 사람을 데려다 고생을 시킨단 말이야? 곱게 자란 사람을……. 거기다 혼인을 하고 나면 할머님은 어서 아들을 낳으라고 재촉하실 터인데. 이 형편에 아이까지? 안 돼. 난 자신 없어."

병수가 그렇게 고개를 저었을 때, 친정에 다니러 온 손아래 누이 병희는 이렇게 핀잔을 주었다.

"그도 틀린 말은 아니네요. 하지만 오라버니, 새언니 될 사람 입장도 좀 생각을 해봐요. 약혼을 하고 수 년이 지나도록 혼인 날짜가 미뤄지고 또 미뤄지고. 이제는 다른 곳으로 시집을 갈 수도 없는 형편 아녜요? 그 댁 고모님 정화당께서도 이 혼인 때문에 근심을 하시다가 병환까지 나셨대요. 아끼는 조카딸이 처녀로 평생을 혼자 산 당신 꼴이 될까 봐."

"……허허 참."

"시집이 가난해서 하는 고생도 있겠지만, 저렇게 잊혀서 사는 고통에 비하겠어요?"

동생 병희의 말도 일리는 있다. 하지만 잊혀져서 살다니, 병수는 그 처녀를 잊은 적이 없었다.

사진으로 본 그녀는 맑고 아름다운 눈과 갸름하고 조그마한 얼굴, 약간 불거진 이마가 반듯한 미인이었다. 키는 좀 작은 듯하지만 배필로는 부족할 것 없는 여인이었다.

'이게 무슨 장난이란 말인가. 남의 집 처녀를 8년이 넘도록 기다리게 했으니. 내가 죄인이구나. 내가 대책 없는 놈이구나. 안 되겠어. 어떻게든 결말을 내야겠어. 그 처녀도 그래야 자기 길을 갈 터이니……'

어떻게든 올해 안으로는 이 결혼의 결말을 내야겠다고 생각하며, 병수는 의자 등받이에 머리를 기댔다.

흔들리는 기차 안. 주머니에 넣고 온 나쓰메 소세키의 소설책을 꺼내들었다. 책과 음악만이 그가 마음을 붙일 수 있는 유일한 세계였다.

강
시

　강시는 궁녀였다. 가난한 집에서 태어나 어린 시절 어떤 연줄
로 궁으로 들어왔는지 강시 자신만이 알고 있을 뿐이었다. 그 누
구도 그녀의 부모나 출신에 대해 알지 못하였다.

　평범하게 생긴 얼굴과 진중한 성격으로 강시는 궁에서도 남의
주목을 받지 못했다. 결국 상궁도 되지 못했다. 이름도 없고 그저
'강시'로 불렸다. 원래 성은 강(姜) 씨였지만 궁에서는 된소리를
내지 않기에 강씨 아닌 강시로 통했다.

　그녀가 정화당을 모시게 된 것은 정화당이 고종의 계비로 간택
이 되었던, 그로부터 10여 년이 지나서의 일이었다.

　명성황후가 살해되고 곤전의 자리가 비었으나, 고종은 새로 왕
비 들이는 것을 극도로 꺼렸다. 누구도 믿을 수 없어서 수라간에

서 해오는 음식도 들지 못했다. 신하들은 물론 늘 보아오던 궁 안의 사람들까지 모두 일본인들의 하수인으로 의심했다. 그러니 윤덕영을 우두머리로 하는 친일파들이 앞장서서 간택한 여인을 아내로 맞이할 턱이 없었다.

스물이 다 되어 명성황후의 계비로 간택된 광산 김씨 처녀는, 그리하여 내내 기다리고 기다리는 신세였다. 이제나저제나 궁에서 자신을 데려갈 사람이 오기만을 기다린 세월이 십수 년이었다.

고종이 세상을 떠난 이후 김씨는 '간택을 받은 김씨를 언제까지 궁 밖에서 모실 수는 없다'고 왕실 종친들이 우기는 덕분에 겨우 궁으로 들어왔다. 그러고는 방 하나에 유배되다시피 한 입장이 되었다. 그래도 그녀는 실질적인 왕비 노릇을 하며 궁궐에서 안주인 노릇을 하던 엄 상궁에게 문안 한 번 가지 않았다. 자신이야말로 궁중의 법도에 따라 중전이 되기로 간택이 된 사람이라는 긍지와 자존심 때문이었다.

이로 인해 그녀는 엄 상궁에게 더욱 눈엣가시가 되었다.

강시는 그렇게나 대찬 성품으로 인간적인 수모를 위엄 있게 참고 견디는 정화당을 존경했다. 바로 그것이 그녀와 정화당의 운명을 이어준 원인이었다.

"궁으로 들어오셔서 남편인 주상의 얼굴을 한번 뵈었나, 중전으로 대접을 받길 하나, 죽어도 울어줄 사람도 없이 외로운 분이야. 내 자신의 처지와 다를 것이 없는 것이 더 마음이 쓰이네."

강시가 늘 입버릇처럼 혼자 뇌는 말이었다.

'황 귀비'라는 호칭까지 얻으며 고종 임금의 신임을 받던 엄 상궁은 질투가 무서운 사람이었다. 그녀는 원래 명성황후의 지밀나인이었다. 명성황후 민씨는 엄 상궁이 기지와 수완이 뛰어나면서도 인물은 대단한 추물이었기에 고종의 눈길을 끌 염려가 없겠다고 여겨, 자신을 가장 가까이서 모시는 중궁전 지밀나인으로 그녀를 선택했던 것이다.

그러나 믿었던 도끼에 발등 찍힌다는 말은 헛말이 아니었다. 아직 명성황후가 생존해 계실 때의 일로, 엄 상궁이 어느 날 치마를 뒤집어 입고 명성황후 앞에 나타나서는 자신이 임금의 승은을 입었음을 공공연히 알려온 것이다.

명성황후가 그만 경악하고 말았다. 왕후의 처소가 발칵 뒤집혔고, 이 방자하고 맹랑한 짓거리에 놀라고 분개한 명성황후는 그녀를 가혹하게 처벌한 후 궁에서 내쫓았다.

그리고 10년 뒤, 명성황후가 참혹하게 살해되었다. 깊은 상처를 받고 슬픔과 두려움에 떨던 고종은 다시 엄 상궁을 궁으로 불러들여 곁에 두었다. 엄 상궁이야말로 믿고 의지할 수 있는 자기의 유일한 우군이라고 고종은 여겼던 것이다.

고생 끝에 다시 궁으로 들어온 엄 상궁의 눈에 정화당 김씨가 고울 리가 없었다. 정식 간택을 받은 여인이 버젓이 살아 있으니, 궁중의 법도대로라면, 자신은 고종의 사랑이 아무리 커도 왕후의 자리에 오를 수 없는 신분이었던 것이다. 그리하여 엄 상궁은 끊임없이 정화당을 감시하고 핍박했다.

그렇게 궁궐 한 모퉁이 처소에 유배되다시피 지내는 정화당을 지극하게 모신 이가 바로 강시였다. 강시에게는 정화당이야말로 왕실의 정통이요, 평복의 왕비였던 것이다.

　민병수가 삼촌의 손에 이끌려 영동에서 잡혀오다가 서울역에서 다시 도망을 친 사연은, 어디서 어떻게 시작되고 전달되었는지 수표동에서까지 수군거리는 이야깃거리가 되었다. 발 없는 말이 천 리를 가는 형국이었다.

　이야기는 초가을의 바람을 타고 하린의 귀에도 들어갔다. 참을 수 없도록 치욕스럽고 심장이 멎도록 고통스러웠다.

　"이대로 죽든지 파혼을 하든지, 내가 이번에는 끝내야겠다."

　그러나 어느 쪽도 쉬운 일이 아니었다.

　이대로 죽는다면? 목이라도 매어 생을 마감한다면, 그게 무슨 노릇인가. 부모님과 고모님, 강시는 얼마나 원통할 것인가. 시집 못 가는 것이 원통해서 스스로 목숨을 끊은 못난 처녀라니, 장안에 또 얼마나 이야깃거리가 될 것인가. 파혼을 한다면? 그것은 그대로 고모님 정화당 삶의 비극을 반복하는 일이 될 것이다. 죽은 목숨으로 산다는 것은 또 얼마나 비참한 노릇인가.

하린은 잠 못 이루는 수많은 밤을 보냈다. 그리고 결론을 내렸다.

'파혼은 아니 될 일이다. 또한, 이렇게 죽을 수는 없는 일이다.'

병수의 진심이 알고 싶었다.

만약 내가 싫은 것이라면, 나이가 나이인데 다른 여자를 찾아 결혼을 했을 것이 아닌가. 강시 말대로 '집안이 어렵고 새 식구를 맞아들이기가 겁이 나서'라면, 남자가 얼마나 못났으면 식구 하나 느는 것이 무서워 장가를 못 간단 말인가?

하린은 병수에게 편지를 쓰기로 마음먹었다.

약혼한 사이의 남자에게 편지를 보내는 것은 어른들 아시면 큰일 날 당돌하고 뻔뻔스러운 일인지 몰랐다. 하지만 본인의 말을 들어보고 어떤 결말이라도 지어야 할 터였다. 죽을 생각까지 하고 나니 이깟 편지를 보내는 일이 뭐 대수랴 싶었다. 이로 인해 민병수가 어떤 반응을 보일지도 궁금했다.

두루마리 종이를 접어 금을 내고 먹을 간 후 세필을 들었다. 그리고 편지를 쓰기 시작했다.

민군 보옵소서.

국화꽃 피는 계절에 댁내 두루 평안하오시며

군께서도 평강하오신 줄 믿사옵니다.

감히 붓을 든 저는 군과 수년 전 혼인의 가연을 맺기로

언약이 된 김하린이라고 하옵니다.

어른들께서 정하신 이 혼인의 연이

군께는 마땅치 않으신 것인지 알 길이 없으나,

혼인을 정하고 8년이라는 긴 세월을

이렇게 연년이 미루신 군의 본뜻을 감히 여쭙고자 글월 보냅니다.

군께서 어떠한 이유로든지 이 혼인을 정히 하실 의향이 없으시다면,

저 역시 깨끗이 단념을 하겠습니다.

그러나 군과 열다섯에 약혼을 하고 8년이 지난 오늘,

군의 분명한 뜻을 알기 전에는

제가 가야 할 길을 정하기 어려워

감히 대중없는 말씀을 여쭸습니다.

일간 답신 기다리겠습니다.

계미 구월 초순

수표동에서 하린 배상

쓰기를 마치고는 편지를 부치러 나갈 채비를 했다. 길게 땋아
내린 머리를 틀어 얹고 얼굴에 옅은 화장을 하여 결혼한 여자처
럼 꾸몄다. 뒤숭숭한 시절이었다. 처녀 혼자 길에 나갔다가 정신

대에라도 붙들려 갈까 걱정스러운 시절이었다.

준비를 마치고 할아범을 불렀다.

"나하고 잠시 다녀올 데가 있네. 강시에게는 잠시 팔판동 어머니께 다녀온다고 말씀드리고 이리로 오게."

그러나 그냥 그러냐고 할 강시가 아니었다.

"작은아씨, 나도 갑시다."

"마마님은요?"

"잠시 눈을 붙이셨으니 두어 시간은 내가 없어도 괜찮으리다."

"어머니께 드릴 말씀이 있어 가는데 강시까지 갈 거야……. 이내 갔다가 저녁 전에 올 것이며 할아범을 데리고 가니 강시는 걱정 말고 집에 있어요."

"작은아씨, 지금이 때가 어느 땐지 알지요? 그렇지 않아도 일인들이 집집마다 시집 안 간 처녀 있냐고 찾으러 다닌답디다. 할아범 혼자는 안 돼요."

"그럼 갑시다."

하린은 쾌히 마음을 바꿔 강시와 함께 집을 나섰다. 하기야 강시가 편지에 대한 사실을 안다 한들, 누구에게 함부로 발설할 사람이 아니었다.

수표동 우체국 앞에 이르러, 하린이 걸음을 멈추었다. 그리고 태연한 얼굴로 두 사람을 돌아보았다.

"화강 학교 친구가 멀리 시집을 가서 사는데, 내 그 아이한테 부칠 편지가 있어요. 모두 예서 잠깐 기다려요."

"그래요?"

강시의 눈이 반짝였다. 글은 읽지 못해도 눈치가 빠른 사람이다.

"이리 줘봐요. 내가 부치고 올 터이니, 작은아씨는 할아범하고 안에서 기다려요."

그렇게 해서 편지는 '충청도 영동군청 민병수 군께' 보내졌다.

편지를 부친 강시가 돌아왔다. 하린이 웃지도 않고 말했다.

"추석이 지났건만 아직도 날씨가 덥네. 팔판동까지 가자면 덥겠소. 그냥 집으로 갑시다."

강시가 하린을 똑바로 바라보았다.

"그래, 편지에다 뭐라 쓰셨소? 파혼하자고?"

눈치가 귀신 뺨 때리게 빠른 사람 같으니. 글을 못 읽는 그녀도 '민병수' 석 자는 대충 읽을 수 있었던 것이다.

"파혼? 파혼은 왜?"

하린이 대꾸했다.

"빨리 혼인하자고 했지. 더 이상 못 기다린다고. 하하하!"

하린의 쾌활한 웃음소리에 강시와 할아범은 물론 하린 자신까지도 놀라고 말았다.

강시는 더는 토를 달지 않았다. 그런 강시가 하린은 고맙고 든든했다. 다시 발길을 돌린 세 사람은 수표동 집으로 향했다.

병수의 결심

참으로 뜻밖의 편지였다. 문장도 간결하고 단호했으며 글씨체 또한 힘이 있고 허한 구석이 없었다. 병수는 기분이 나쁘지 않았다. 기분이 나쁘기는커녕 오히려 가슴이 설레었다.

"당돌한 여인이구나."

얼굴 한번 보지 못했고 음성 한번 들어본 적 없는 그녀가 과연 어떤 여인일지, 애틋함과 궁금증이 함께 일었다.

약혼은 했다고는 하나 남편도 아닌 외간남자에게, 혼인을 할 것인지 말 것인지 뜻을 밝히라고 청한다? 다른 사람도 아닌 정화당의 조카딸이 이리 당돌하다니. 이즈음이야 여성들도 동경 유학도 하고 전문학교를 보내는 집안도 더러 있지만, 소위 신여성이 아니라 구중궁궐 같은 곳에 갇혀 사는 사람이라고 들었다.

병수는 은근히 호기심이 생기고 어떤 여성인지 한번 만나보고 싶었다. 이 정도 강단이라면 다 거덜 난 우리 집에 시집오더라도 별 탈 없이 견딜 수 있지 않을까?

"그나저나 약혼하고 8년이라니. 나도 참 무책임하구나."

자책을 하는 마음이 생겼다.

1943년 가을. 일제의 대동아전쟁은 끝이 보이지 않았다. 그러나 이제 이 결혼은 마냥 미룰 수 없는 상황이 되었다.

'내친김에 서울로 가 장가를 들자.'

한지에 고운 한글로 쓴 하린의 편지를 책갈피에 접어 넣고 잠자리에 들었다. 생전 책을 통해서만 경험했던 남녀 간의 연애 이야기가, 어느새 남의 이야기 같지만은 않게 된 참이었다.

그가 기억하는 하린의 얼굴은 약혼할 무렵, 중매쟁이가 가져온 사진 속 열다섯 소녀의 수줍고 맑은 얼굴이다. 앞가르마를 반듯하게 탄 사진 속 소녀는 자신을 뚫어지게 바라보고 있었다.

반듯한 뒷박이마, 크고 아름다운 눈, 긴 속눈썹, 갸름한 윤곽, 오똑한 콧날, 전체적으로 고상하며 한편으로 싸늘한 인상이었다. 소녀는 자신의 결함이 무언지 잘 안다는 듯, 입술을 굳게 다물어 살짝 튀어나온 앞니를 감추려 하고 있었다.

이제 그 아이가 어른이 되었고 머지않아 내 아내가 된다. 열다섯 소녀에서 스물셋의 노처녀로. 그녀의 변한 모습이 무척이나 궁금했다.

혼
인
식

하린이 병수에게 편지를 보내고 보름이 넘은 어느 날이다. 계동에서 다시 사람이 왔다. 이번에는 더없이 반가운 소식이니, 해를 넘기지 말고 그해 안으로 혼인 날짜를 잡자는 전갈이었다.

수표동과 하린의 부모가 살고 있는 팔판동에는 오랜만에 화색이 감돌았다.

"이번에는 정말이려나? 한두 번 당해봤어야 말이지."

"말조심하게 이 사람아. 당하긴 뭘 당했다고. 좀 미뤄졌을 뿐이지."

"마마님께서 여간 흡족하지 않으신 모양이야."

"왜 안 그러시겠어. 얼마를 마음 졸이던 혼인인데."

하린의 두 올케들은 걱정이 앞서 수군거렸다.

"여태 감감 무소식이더니 갑자기 무슨 일이람."

"그러게나 말이야. 이렇게 서두를 걸 왜 그렇게 미뤘을까."

아랫사람들은 덮어놓고 제집 일처럼 기뻐했다.

"그 좋던 날 다 놔두고 동짓달 혼인이라니…… 우리 아가씨 추워서 꽁꽁 얼겠네그려."

나이 많은 수원집이 빨랫줄에서 홑이불감을 걷어 들이며 말문을 텄고, 넉살 좋은 양주댁이 기다렸다는 듯 거들었다.

"누가 아니랍니까? 그래도 형님, 거꾸로 생각하면 그게 또 얼마나 좋겠어요."

"거꾸로 생각하다니?"

"아니 말이에요, 신방에 뜨끈뜨끈하게 군불 때고 열두 폭 병풍에 방장까지 치면, 동짓달 기나긴 밤에 나이 든 신랑신부가 얼마나 깨가 쏟아지겠느냐고요. 아이구, 누구는 좋겠네 흐흐흐."

"이런 망할 여편네, 입담하고는!"

수원집은 눈을 흘기며 양주댁과 마주 잡은 홑이불 귀를 힘껏 당겼다.

어쩌니 저쩌니 누가 뭐라 해도 이번 일로 가장 기쁜 사람은 하린의 어머니 백씨였다. 시집보낸 딸이 소박이나 맞은 양, 몇 해를 살아온 백씨였다. 하린이 어떻게 지내느냐고 누가 안부만 물어도 쥐구멍을 찾고 싶던 그녀였다.

"얘야, 드디어 네가 혼인을 하게 됐구나. 이제 다행이다. 너도 좋지?"

들뜬 백씨가 그렇게 물었을 때, 당사자인 하린은 그저 고개만 끄덕일 따름이었다.

"그리 되기로 이미 약조되었던 일인걸요."

"그동안 마음고생 했던 것은 말끔히 잊어라. 아무 일 없었던 듯 잊고 시댁에 가서 잘하고 살아야 한다."

"예, 어머니."

그뿐이었다. 딸아이는 조금도 들뜨거나 상기된 기색이 아니었다. 백씨로서는 그런 하린의 반응을 이해할 것 같기도 했다.

'약이 오를 만도 하지. 정혼하고 무려 8년을 끌다니……. 그간 섭섭했던 감정이 한꺼번에 되살아나는 게야. 그래도 그저 가서 소리 소문 없이 잘 살기만 했으면…….'

당사자인 하린은 오히려 허탈하고 야속했다.

이렇게 간단한 문제였단 말인가? 고작 한 장의 편지로 이리도 쉽게 돌아올 마음이요, 이리도 빨리 해결될 문제였단 말인가? 이렇게 쉬운 문제를 가지고 사람을 8년이나 기다리게 했단 말인가? 허탈했고, 한편으로 놀림을 당하는 심정이었다.

팔판동 하린의 본가와 수표동은 혼인 준비로 정신없이 바빠 돌아갔다. 조용한 호수에 돌이라도 떨어진 것같이 온 집안이 시끌벅적했다.

팔판동에서 부모님이며 여동생이 분주히 물건들을 가지고 수표동으로 드나들기 시작했다. 짧아지는 겨울 해에 광목 필을 바래느라 뒷마당에는 이리저리 빨랫줄이 걸렸다. 거기에 고모님과 어머니 백낙지가 조심조심 준비했던 비단 필이 내어져 바람을 쏘였다. 목화를 트네 침모를 구하네 혼인 준비로 온 집안이 바삐 돌아갔다. 마당의 돌멩이 하나도 생명을 얻은 듯 온 집 안이 반짝반짝 빛이 날 지경이었다.

결혼식은 신식까지는 아니더라도 하린의 집이 아니라 예식장에서 치르기로 이야기가 되었다. 일사천리로 일은 진행되었다. 그럼에도 하린의 집안은 조심스럽기가 여간하지 않았다.

설마 그럴 일은 없겠지만, 만에 하나라도 신랑이 또 무슨 트집을 잡고 혼인을 또 미루면 어쩔 것인가. 그래서 감히 이렇다 저렇다 군말 없이, 모든 것을 시댁에서 하자는 대로 따르기로 했다. 한편 집안 식구들에게도 입단속을 단단히 시켰다. 이 결혼에 대한 그 어떤 말도 밖에 새나가지 않도록. 특히 하린의 동생들에게, 학교에 가서 아무 소리도 하지 말 것을 단단히 일렀다. 민씨 댁 집안 아이들과 같은 학교를 다니는 동생들이 혹시라도 무슨 분란 날 말을 할까 염려스러웠던 것이다.

또한 아랫사람들에게도 일절 혼인에 대한 함구령이 내려졌다. 저희들끼리 이 집 저 집 연줄이 닿는 통에 '이 집 말이 저 집으로 가고 저 집 말이 이 집으로' 전해지는 수가 많았으니 그것이 어쩌다 동티가 될 것을 염려해서다.

날짜는 동짓달 열흘이었고 식장은 성균관 경학원으로 정해졌다. 그 좋은 날 다 놔두고 썩은 동짓달 결혼이라니! 모두 속으로 투덜거리는 한편, 어서 혼인날이 오고 지나가 모든 것이 탈 없이 끝나기만을 빌었다.

혼인날 당일. 경학원은 몹시도 추웠다. 마루 틈으로 황소바람이 들어와 당혜를 신은 신부의 버선발이 꽁꽁 얼고, 곱게 분을 바른 신부의 얼굴은 추위에 질려 납빛으로 푸르기까지 했다.

수모에게 몸을 의지한 하린이 시키는 대로 간신히 절을 마쳤다. 그리고 신랑과 마주 섰다. 살며시 눈을 들어 그의 얼굴을 보았다. 처음 마주하는 얼굴이었다.

반듯하고 넓은 이마. 훤칠하게 큰 키. 떡 벌어진 어깨. 눈을 내리깔자 그가 신은 검은 목화가 유난히 커 보였다. 눈썹이 조금 약해 보였지만 잘생긴 인물이었다. 어디 한 군데 나무랄 데 없는 얼굴이지만 그는 어딘가 불편해 보였다. 마치 맞지 않는 옷을 입고 남의 잔치 구경을 온 사람처럼.

"저이가 내 남편이구나."

하린이 마음을 단단히 먹었다.

"내가 당신을 따뜻하게 품으리라."

차가운 바람이 겹겹이 입은 대례복을 파고들고 있었다.

첫
날
밤

대례가 끝나고, 대소가 식구들이 모두 신방이 차려진 팔판동으로 모였다.

혼례 후 으레 하는 신랑 달기 같은 것은 아예 생각도 못 했고 누구 하나 나서는 이도 없었다. 말도 많고 탈도 많은 이 혼인에 행여 동티라도 날까 걱정한 하린의 부친이 식구들을 철저하게 단속했던 것이다.

워낙 늦은 신랑과 신부이다 보니 감히 놀리지도 못하고 신랑을 골탕 먹이지 못하는 것을 아쉬워했지만, 모두 쉬쉬하며 두 신혼부부를 서둘러 신방으로 보냈다.

신방은 아늑하고 따듯했다. 한겨울 혼인이라고 방에는 군불을 넉넉히 넣었고, 혹시라도 짓궂은 집안사람이 문풍지를 뚫고 신방을 엿볼세라, 새로 문풍지를 바른 미닫이문 안으로 병풍을 칠 수 있도록 준비해놓았다.

병수와 단둘이 방에 든 하린은 그저 숨이 막힐 것 같았다. 자라는 동안 낯선 남자를 이렇게 가까이 보기는 처음이었다. 좁은 방에 전등만이 환히 불을 밝히고 있었다. 그 불빛이 무거워 고개를 들 수 없었다.

신랑이 일어서더니 두루마기를 벗어 옷걸이에 걸고는 그녀의 등 뒤로 다가왔다. 그리고 그녀의 녹색 당의를 조심스레 벗겨 자신의 두루마기 위에 걸었다.

불빛을 받은 다홍치마 노란 저고리에서 자르르 윤이 나고 검은 머리의 흰 가르마가 깨끗한데 신부의 파르르 떨리는 속눈썹이 애처로웠다. 한참 동안 그녀를 바라보던 병수가 입을 열었다.

"편히 앉읍시다. 오늘 힘이 많이 들었을 텐데."

듣기 좋은 음성이었다. 전등불을 끈 병수가 하린의 곁에 와 앉았다.

"창으로 들어오는 달빛이 더 좋소."

하린의 버선이 그의 손에 벗겨졌다. 하린의 희고 작은 발이 그의 따뜻한 두 손에 감싸였다.

"신혼 첫날밤에 대한 이야기들을 그대도 많이 들었으리라 생각하오. 그러나 약속하건대, 그대가 나를 편히 대할 때까지 그대를 괴롭히지 않을 것이오. 그대를 존중하고 싶으며, 또 이제까지 그대에게 지은 내 죄를 조금이라도 사과하고 싶어서라오."

"······."

"그러니 긴장을 풀고 오늘은 편히 잠들도록 합시다. 좋은 꿈을 꾸면서. 듣고 있소?"

뜻밖의 다정한 말이었다. 하린은 보일락 말락 고개를 끄덕여 대답을 대신했다. 그의 따뜻한 말이 고마웠고, 점잖은 사람인 것 같아 무척 다행스러웠다. 그동안 쌓였던 원망과 불신이 모두 사라지는 것 같았다.

어둠 속에서 병수가 물었다.

"그대의 이름을 처음 들었을 때, 무척 인상이 깊었소. 어떤 깊은 의미가 있는 이름이라는 생각이 들더군. 누가 그 이름을 지었는지 궁금했소. 혹시 장인어른께서?"

"그렇습니다."

어둠 속에서, 하린이 처음으로 제 음성을 드러냈다.

"저를 가지실 때, 바깥어버이께서 꿈에 기린을 보고 지으신 이름이랍니다. 여름에 태어난 기린이라는 뜻이지요."

"상당히 시적이고 아름다운 이름이오."

"기린이란, 상서롭지만 무척 외로운 짐승이라고 하더군요."

"그대와 잘 어울리는 이름 같소."

이어 병수는 자기 집안사람들 이야기를 천천히 들려주었다. 앞으로 시아버님 삼형제 식구들과 한 울타리 안에서 함께 살기가 쉽지 않을 것을 미리 귀띔하는 것이리라. 한 집이 모두 오 남매씩이며 아직 젊은 시숙모님들까지 계시니 시집살이가 쉽지 않겠다는 생각을 하며 하린은 어머니가 해주신 명주 수건을 떠올렸다.

'언제 그것을 쓰게 될까?'

혼인 하루 전인 어제, 하린과 백낙지가 하린의 방에서 함께 밤을 보냈다. 오래간만에 어머니는 딸을 데리고 잠자리에 드는 것이었다. 깊은 밤, 어머니 백낙지가 챙겨온 물건을 슬그머니 내밀었다.

"이게 뭐지요?"

"잘 보관해두렴. 밤에 손닿기 쉬운 곳에 두면 요긴히 쓸 일이 있을 게다."

부드러운 명주 수건 한 죽. 어머니는 더 이상 아무 설명도 하지 않으셨다. 그러나 하린은 어디에 쓰는 물건인지를 대충 짐작할 수 있었다.

'오늘은 이 물건을 쓸 일이 없을 것인가?'

한편으로 다행이라는 생각과 함께, 무언가 섭섭한 마음도 드는 것을 어쩔 수 없었다.

'이 사람은 내가 여자로 보이지 않는가. 설마 그런 것은 아니겠지.'

병수의 팔을 베개 삼아 누워 그가 해주는 집안 이야기를 듣던 하린은 그만 스르르 잠이 들고 말았다. 창을 타고 넘어온 달빛이 그녀의 얼굴을 곱게 비추었다.

병수가 하린의 머리를 가만히 들어 뉘었다. 그리고 그 얼굴을 가만히 내려다본다. 연민의 애정 같은 것이 가슴속에서 잔잔히 물결쳤다.

자기 앞에 놓인 그 멀고 험한 길을, 이 사람은 알기나 하는 것인가. 이 가냘픈 여인이 그 궁핍의 고난을 어찌 헤쳐 나갈 것인가. 미안하고 애잔했다.

차가운 밤바람이 지나가는 신혼 방 밖에 누군가 신방을 지키고 있었다. 하린의 부친 김영표가 먼발치에서 마당을 서성이며 딸의 앞날이 순탄하고 행복하기를 빌었다.

계동 시댁

아궁이에 불을 지핀 하린이 시할머님 방으로 조심스레 들어왔다. 시할머님이 누운 보료 밑에 손을 넣어본다. 방바닥은 아직 불기운이 비치지 않았다. 그녀의 차가운 손에도 전혀 온기가 느껴지지 않는다.

시할머니가 힘없이 눈을 뜨더니 하린의 손을 어루만졌다.

"네가 고생이 많구나."

"고생은요. 아니에요, 할머니."

"조금만 참고 견디렴. 젊은 날의 고생은 사서도 한다지 않니. 네 남편이 곧 너를 저 사는 데로 데려갈 게다."

"예, 할머니."

"네가 이해를 좀 해주렴. 너도 그렇겠지만 너를 여기 두고 간

네 남편 마음이야 오죽 하겠니……."

하린은 할머님의 따뜻한 말씀에 눈물이 날 것 같았다. 아무 말씀도 못 드린 채 조용히 방을 나왔다. 얼마 남지 않은 장작을 마저 아궁이에 넣은 하린이 불 앞에 쪼그려 앉았다.

장작은 가을에 미리 들여놓아 햇살에 말려야 겨울에 때기 좋은 법이다. 그런데 이 댁은 그때그때 쓸 장작을 몇 단씩 사다가 때야 하는 형편이다. 마르지 않은 언 장작에 불을 붙이는 것은 아주 고역이었다. 불쏘시개조차 넉넉지 않아 톱밥을 조금씩 던져 넣는데, 젖은 나무에서 나는 매운 연기에 눈물이 쏟아지곤 했다. 그때마다 하린은 그대로 목을 놓아 울고 싶은 것을 간신히 참는다.

시댁이 몰락한 지 오래라는 소문은 익히 들어 알고 있었다.

'하지만 차마 이 지경일 줄이야.'

쌀뒤주는 늘 바닥이 보였다. 부엌 구석에는 장작도 넉넉지 않아 한두 단씩 사오는 걸 때고 나면 다음번 군불을 또 걱정해야 하는 형편이었다. 그 많았다던 살림은 다 어디로 갔는지 무엇 하나 변변한 것이 없다. 어쩌다 이 지경이 되었을까?

시숙모들이 뒤에서 수군거리는 말을 들었다. 하린의 시어머니가 조금만 야무지게 남편을 단속했더라면 '그 양반도 그렇게까지 재산을 없애지는 못했을 것'이라는 것이었다. 서울 장안에서 이 집 재산 안 먹은 한량이 없더라는 것이었다.

한 번씩 기생집을 빌려서 판을 벌이고 논 다음이면 논문서 하나가 날아가고, 어디선가 나타난 사내는 "이 집 양반이 어디어디 땅을 내게 주기로 하고 돈을 빌려갔다"며 할머님을 협박해서 땅문서 하나가 또 날아가고, 그렇게 써보지도 못하고 날린 재산만 해도 적지 않다고 했다.

그 많던 살림도 어느 틈에 슬슬 새나갔다. 누가 잠시 빌려간다고 하고 가져가서 돌려받지 못한 병풍이 몇 개인가. 사진만 찍고 돌려드리겠다고 가져간 용틀임 백자가 또 몇 개고, 이럭저럭 시간이 지나고 나면 다 그럭저럭 없던 일이 되었는데, 그런 일들이 기억나는 것만 해도 부지기수라고 했다. 하다못해 시어머니 이씨는 당신이 그리도 아끼던 조바위(겨울에 여자들이 쓰던 모자)를 집안의 어떤 사람에게 빌려줬다가 없는 물건이 되고 말았다.

"진주며 산호며 비취며 거기 박힌 구슬이 얼마나 좋았는데 그걸 왜 내주셨는지. 지금은 돈을 아무리 줘도 그런 조바위 같은 건 구경도 못할 텐데……."

시고모님이 아까워하며 하는 말씀이었다.

하린이가 아직 어렸을 적, 어머니의 손을 잡고 지금 이 계동집 앞을 지나간 적이 몇 번 있었다. 담장 너머로는 한창 핀 벚꽃 사이로 환히 빛나는 전등들이 드문드문 보이곤 했다. 그때 어린 마음에도 그 집에 사는 사람들을 막연히 동경했었다.

"저런 집에는 누가 살까? 참 행복하고 근사한 사람들일 거야."

그 댁의 도련님과 약혼을 하고 8년 만에 어렵사리 혼인을 치르게 되리라는 것은 상상도 못하던 때의 일이었다.

세월이 흘러 하린 자신이 이 집의 종부가 되었으나 그 길고도 짧은 시간의 흐름 속에서 이 집은 예전 상상 속의 그 집과는 거리가 너무도 멀었다. 시할머님 잡수실 죽을 쑤는 일부터 때 맞춰 군불을 때고 할머님 대소변을 받아내는 일까지, 모든 것이 갓 시집 온 하린의 몫이었다. 아침마다 한 보따리씩 나오는 할머니 기저귀를 찬물에 빠느라 그녀의 손등은 다 터지고 말았다. 생전 만져 보지도 않은 장작에 불을 지피느라 그녀의 머리는 덤불처럼 부스스해졌다.

혼인을 하고 팔판동 친정에서 사흘을 함께 지낸 뒤, 병수는 하린을 데리고 계동 본가로 왔다. 와서는 시댁 대소가 어른들께 부지런히 폐백을 드리고 돌아가신 조상들께 올리는 사당폐백까지 정신없이 끝마쳤다. 그러고는 영동으로 자기 혼자 훌쩍 떠나버렸다. 딱히 언제 온다는 말도 없이.

그렇게 서둘러 가더니 벌써 한 달이 다 되어간다. 이제껏 아무 소식도 없었다. 병수가 떠나고 없지만 하린은 허전할 새도 없었다. 시댁에는 돈은 없지만 함께 사는 식구는 많았다. 하루도 조용할 날이 없는 집안이었다.

시아버님의 두 형제들과 그 가족들이 모두 한 울타리 안에서 살았다. 각 집마다 자손들이 약속이나 한 듯 다섯씩이었다. 그러니 남편의 사촌과 형제들이 모두 열다섯이요, 시삼촌과 시숙모님들을 합치면 한 집이 일곱 식구씩. 그렇게 세 집이 모여 살고 있으니, 시집간 시누이 둘을 빼고도 사촌만 모두 열셋이었다.

서로 사이가 좋아서 모여 사는 게 아니었다. 나가서 따로 살림을 차릴 형편들이 안 되어서 문제였다. 그래서 할머님이 계신 큰집에서 모두 함께 살게 된 것이었다. 고만고만한 나이의 사촌 열세 명이 한 울타리 안에 사니 조용할 때가 한시도 없었다.

계동집은 학교로 써도 될 만큼 터가 넓었으며 마당에는 두 채의 큰 건물이 있었다. 한때 서울에서 가장 멋진 건물이었을 양관은 안쓰럽도록 퇴락한 모습이었다. 또 하나의 건물인 안채는 높은 댓돌이며 휘어 올라간 처마만 보아도 그 위용이 한때 대단했음을 짐작할 수 있다. 그러나 지금은 원래 형태를 알아볼 수 없을 지경으로 이 모퉁이 저 모퉁이에 방을 붙여지어 세를 놓은 형편이었다.

많은 방들은 모두 세를 주고 큰 방 하나에서 병수네 식구 모두가 함께 먹고 자고 할 수밖에 없었다. 큰 방은 원래는 안방과 접견실이 장지문으로 구분되는 두 개의 방이었는데, 문풍지를 바른 장지문은 있으나 마나였다.

식구들로 넘쳐나는 시집살이. 그나마 다행인 것은 낮에는 식구들이 모두 밖으로 나간다는 것이었다. 편찮아 병석에 누워 계시는 할머님만 빼고는 말이다. 그렇지 않았더라면, 하린은 어디서 옷 하나를 갈아입을 곳이 없을 지경이었다.

병수의 집이 '큰댁'이었고, 이어서 일렬로 붙은 몇 개의 방에는 세를 든 집들과 '셋째 댁' 그러니까 시아버지의 막내 동생 댁이 살고 있었다. '큰댁'의 반대편 끝 쪽에는 시아버지의 손아래 동생인 '둘째 댁'이 살았다.

사촌 시동생들과 사촌 시누이들은 모두 나이들이 그만그만한 데다 같은 학교를 다녔다. 아침이면 모두 학교를 간다고 집을 나섰고, 해만 지면 다들 돌아와 모여 웃고 떠들고 장난을 치느라 울 안이 늘 시끌벅적했다. 이들을 비롯해 두 분 시삼촌과 그 댁들이 할머니 계시는 큰댁을 수시로 드나들었다. 결국은 그들 모두 큰댁에서 함께 사는 것과 별반 다르지 않았다.

계동은 여태 하린이 살던 세상과는 완전히 다른 세상이었다. 그 것은 마치 들판에서 맞는 바람처럼 신선하고도 거친 생활이었다.

사촌 여자 형제들이 모이면 그야말로 정신이 없었다. 남학생에 게서 받은 연애편지를 서로 돌려보며 웃고 떠들다가도 편이 갈려 말다툼을 하고, 학교에서 배운 노래를 함께 목청껏 부르다가는 우르르 몰려 나가기도 했다.

"저 민가네가 언제쯤이나 이사를 가려나?"

그럴 때면 계동 골목 사람들 모두가 고개를 저으며 그렇게 수군거리는 것이었다.

하린은 계동 집의 그런 분위기가 싫지만은 않았다. 어차피 적응해서 살아야 할 시댁이었다. 이런 게 사람 사는 집 냄새 아닐까.

살림살이 형편이 조금만 나아진다면 신랑 없는 시집살이지만 견딜 만할 것 같았다.

암울한 시절

　마치 묵은 빚을 갚듯, 갑작스런 혼인을 치르고는 혼자 훌쩍 영동으로 돌아온 병수는 이후로 여러 날을 자괴감에 시달려야 했다.

　자신이 지켜오던 무엇이 무너진 듯 허전하고, 중요한 무엇을 잃어버린 듯 불안하기도 했다. 그러나 견디기 힘든 것은 아내가 된 하린을 향한 무한한 죄책감이었다. 이런 구질구질한 형편에 아내를 맞이한다는 것만큼 무책임한 일이 또 어디 있을까? 편지 한 장에 덜컥 결정할 일이라면, 무려 8년 동안 왜 그렇게 미뤄왔단 말인가? 궁리하면 할수록 복잡한 심정이었다.

　어서 이 전쟁이 끝나고 해방이 되면 어떻게든 서울로 가 취직을 하고 아내와 함께 지내고 싶었다. 이즈음 상황을 볼 때, 일본이 전쟁에서 손을 들 날이 멀지 않아 보이기도 했다.

확실치는 않지만 이 전쟁을 더 길게 버틸 수 있을 것 같지가 않았다. 동회를 통해서 집집마다 다니며 쇠붙이란 쇠붙이는 모두 걷어가고, 심지어는 제기로 쓰는 놋그릇까지 공출이라는 이름으로 가져가는 형편이었다. 여학생들은 학교에 가서 공부를 하는 대신 군복을 누비고, 남학생들은 노력봉사라는 이름으로 비행장을 닦는다고 여의도에서 모래를 지어 날랐다. 그 모두, 일본이 더는 버틸 수 없는 막바지에 이르렀다는 증거가 아니겠는가.

이제나저제나 해방만 되면 어디든 취직을 하고 맞추어 가정을 꾸리겠다고 다짐했던 게 벌써 몇 년 전 일이다. 부모들 세대처럼 열대여섯 살에 결혼을 할 수는 없었다. 그러다 보니 무려 8년이란 시간 동안 죄 없는 처녀를 속절없이 기다리게 했다.

그럼에도 병수는 함께 지내는 며칠 동안, 하린에게 제대로 된 사과는커녕 그런 변명조차 제대로 못 했다. 역설적으로 사과할 말이 너무 많은 때문이었다. 변명할 말이 너무 많은 때문이었다. 마음속 가득한 이야기를 제대로 표현해낼 자신이 없었다. 그리고 이제는, 가장 뼈저리게 후회되는 일이 바로 그것이었다. 해야 할 말들을 차마 못 했던 것.

병환 중인 할머니 병 수발부터 아침 먹으면 저녁거리를 걱정해야 하는 집안에 아내를 데려다 놓고, 혼자 도망치듯 영동으로 내려오다니. 아내에게 미안했고 자기 자신에게 화가 났다.

그렇게 한 달이 지났다. 그간 단 한 번도 집에 다녀오지 못했다.

편지 한 통 보내지 못하였으니, 쑥스러워서였다. 장가를 가더니 집에 편지를 다 한다고 식구들이 얼마나 놀릴 것인가? 서울에서 영동으로 떠나오던 날 아침, 집을 나서는 그의 얼굴을 말없이 바라만 보던 아내의 얼굴을 병수는 한시도 잊을 수 없다.

아내 하린은 무슨 말을 하고 싶었을까. 무슨 말을 하려다 끝내 삼키고 만 것일까. 그런 아내 마음을 달랠 말 한마디를 못 했다. 참으로 못난 남편이다.

언제 집을 구해서 아내를 데려올 수 있을지 알 수 없는 일이었다. 참으로 답답한 노릇이었다. 군청에 있는 친구가 군청 사택을 구해보겠다고는 했지만 믿을 만한 이야기가 아니었다. 가까이 지내는 친구들이 있지만 누구 하나 할 것 없이 어려운 시절에 방 얻을 돈을 빌리기도 쉽지 않았다.

새삼 돌아가신 아버지가 원망스러웠다. 그 시절, 그러니까 1920년, 그의 부친은 독일로 유학을 갔다. 종자(從者)까지 데리고. 그렇게 되기까지 집안 어른들의 의견이 큰 몫을 했다.

"선친 충의공께서 일본 놈들 때문에 자결을 했는데, 그 아들을 어떻게 일본 학교 교육을 받게 하느냐? 아니 될 일이다."

거기 더해, 3·1운동에 놀란 총독부가 조선에서 문제를 일으킬 만한 집안의 자제들을 해외로 내보내는 것을 은근히 장려하고 있던 당시 분위기 또한 한몫을 했다.

그렇게 병수의 부친은 말 한마디 모르는 독일 백림(伯林, 베를린)으로 무작정 유학을 가게 된 것이다. 그의 나이 20세의 일이었다. 그 후 7년을 독일에 있으면서 그가 무엇을 했는지 아는 사람은 없다. 어쨌거나 독일에 있는 대학은 근처에도 못 가보고 가산만 탕진한 채 다시 불려온 것만은 분명했다.

그가 독일에 있을 동안 가장 잘한 일은 『압록강은 흐른다』를 쓴 이미륵 씨와 친해서 함께 찍은 사진을 집으로 보낸 것이다. 병수 부친을 수행했던 사람은 독일에서 철학 박사가 되어 귀국해서는 나중에 전문학교 교수가 되었다.

독일에서 돌아온 그는 그때부터 서울 장안이 좁다 하고 본격적으로 난봉을 피우기 시작하였다. 집안이 완전히 몰락할 때까지 그렇게 살다가는 나이 서른여섯에 세상을 떠났다. 맏이인 병수가 열여덟이 되던 해였다. 그의 밑으로는 동생이 넷이나 있었다.

아버지가 죽었을 때, 병수는 울지 않았다. 병수가 경복고보에서 퇴학을 당한 것도, 재주가 뛰어나던 손아래 누이 병희가 열다섯 살에 돈 있는 마름의 집으로 시집을 간 것도 기실은 다 아버지 때문이었다. 밀린 월사금을 졸업이 가까울 때까지 내지 못하자, 일본인 담임이 학급생들 앞에서 그의 부친까지 들먹이며 병수 집안의 몰락을 조롱하고 비웃은 것이다.

"네 할아버지는 조선의 이름난 충신이라던데, 그 아들인 네 아버지도 할아버지 못지않게 유명하다며? 여색으로 말이야. 그렇게 난봉을 피우느라고 많은 재산을 다 날렸다던데, 그 소문이 사실이냐? 그래서 월사금도 못 낼 형편이 되었느냐?"

분노와 모멸감을 참지 못한 병수가 일을 저지르고 말았다. 이 기죽거리는 선생이 보는 앞에서 교실 유리창 서너 개를 주먹으로 박살을 내고는 그길로 학교를 뛰쳐나와버렸다. 차마 선생을 때리지는 못하고.

그것이 제2고보(지금의 경복 고등학교) 졸업을 앞두었던 해의 끝자락에 있던 일이었다. 그래서 병수는 고보 졸업장이 없었다. 이후 충의공을 생각하고 그의 처지를 딱하게 여기는 어느 귀인 덕분에 동경 유학을 갈 수 있었지만, 중간에 무슨 문제가 있었는지, 다달이 오던 돈이 갑자기 끊어지고 말았다. 병수로서는 다시 보따리를 싸서 집으로 돌아올 수밖에 없었다.

일본에서 돌아와서는 잠시 어느 신문사에 있기도 했다. 그러나 고보 졸업장도 없는 그가 오래 버티기는 힘든 곳이었다. 그래서 가게 된 곳이 지금 있는 영동군청이었다. 이곳 월급으로는 매달 하숙비나 밀리지 않으면 다행일 지경이었다.

감히 결혼을 하겠다고 나설 처지가 안 되어 미루던 결혼을 떠밀리듯 덜컥 해버리고, 이제는 다른 한 사람의 운명의 끈까지 재주 없는 손으로 이끌고 가야 할 형편이 된 것이다. 모든 것이 암담했다. 암담하고 우울했다.

영동 생활

결혼한 지 1년이 가까울 즈음, 하린은 드디어 영동으로 향했다. 남편 따라 생전 한 번도 가본 적이 없는 충청도 땅으로 살림을 나게 된 것이다.

"얻어놓은 집이 넓지 않아요. 살림은 다 두고 가고 당장 입을 옷과 두 식구 밥 해먹을 그릇 몇 개만 가져가면 될 거요."

남편의 말이었다. 그러나 하린은 내년이면 태어날 아이를 위해 친정어머니가 마련해준 아이 이불이며 기저귀감, 산후에 먹을 미역, 거기 더해 마른 반찬거리까지 가져갈 것이 너무도 많았다.

시장에 물건이 귀해 돈을 가지고도 물건을 사기 힘든 시절이었다. 친정어머니가 틈틈이 구해 보내는 물건을 오는 대로 짐을 꾸려 넣었다.

친정어머니 백씨가 영동까지의 먼 길을 따라나섰다. 딸이 혼인하고 처음 나는 살림이니 직접 가보고 싶은 마음이 컸던 것이다.

백씨와 두 부부가 갖은 보따리 짐을 겨우 짐칸에 싣고 영동행기차에 어렵게 올라탔다. 음산한 겨울날이었다. 차창 밖으로 회색 흐린 겨울 하늘만 바라보며 백씨가 하고 싶은 말을 삼킨다. 말없는 사위가 늘 어렵고, 또한 마땅치 않았다.

'혼인도 그 추운 동짓달에 하더니, 이사를 하는 것도 하필이면 이 엄동설한이란 말인가? 못난 사람 같으니…….'

그렇게나 유난스럽고 어렵게 혼인한 아내를 혼자 시댁에 남겨 둔 채 무려 1년이나 영동에서 혼자 지낸 사위가 못마땅하지 않을 수 없었다. 이제야 겨우 식구를 데려가다니. 허우대만 멀쩡하지 참으로 주변머리 없는 사람 아닌가.

어려운 시집살이에 대해서 일절 입을 열지 않는 딸 하린이 백씨는 늘 대견하고 애처롭고 안쓰러웠다. 그래도 수표동에 있을 때에 비해 외려 얼굴색도 좋아 보이고 성격도 밝아진 것 같아, 그나마 마음이 놓이는 것도 사실이었다.

영동에 병수가 얻어놓은 집은 사립문은 신통치 않았지만, 행세깨나 하던 사람의 집이었는지 마루가 제법 넓고 번듯했다. 탱자나무 울타리도 그런대로 운치가 있었다. 마루를 사이에 두고 방이 두 개나 되고 도배도 새로 했는지 아직도 장판과 풀 냄새가 가시지 않았다.

이 외진 곳에 딸을 남겨두고 돌아서야 하는 백씨의 마음은 무겁기만 했다. 다행스럽게도 두 내외간에 정이 없어 보이지는 않았다. 남편을 바라보는 딸의 눈길에 그래도 애정이 묻어 있었다.

'그래, 잘 살아야지. 어렵고 힘들지만, 잘 버텨내야 한다.'

결혼하고 1년이 지나서야 시작된 신접 생활에 하린은 설레었다. 정성껏 아침을 준비하여 남편을 출근시키고 나면 몇 개 안 되는 방 안 살림이며 부엌살림을 소꿉장난 하듯 늘어놓고는 이리도 놓아보고 저리도 놓아보며 하루를 보내곤 했다. 오랜만에 맛보는 조용하고 평화로운 시간이었다.

남편은 대체로 과묵한 편이었다. 자상하지는 않았으나 그렇다고 무뚝뚝하지도 않았다. 정이 없는 건 아니었으되 살갑지도 않았다. 그래도 퇴근을 해서는 곧바로 집에 돌아와 장작을 때기 좋게 잘게 패서 추녀 끝에 쌓아주기도 하고, 부엌의 물 항아리에 물이 떨어질 때면 말없이 우물물을 길어다 항아리를 채워주기도 했다. 식량이 떨어질 때면 군말 없이 시골로 돌아다니며 먹을거리를 구해오는 것도 그의 몫이었다.

집에 있는 저녁 시간, 남편이 늘 하는 것이라곤 전등도 없는 방에 앉아 남폿불을 켜놓고 책을 보는 일이었다. 도대체 무슨 책을 저리도 열심히 읽을까. 궁금해진 하린이 슬그머니 들춰보기도 했지만 외국말로 된 책들이라 도통 알 수가 없었다.

그럴 때면 느닷없는 외로움 같은 게 찾아왔다. 함께 살지만 서로 다른 세계에 살고 있는 남편과 나. 남편이 골몰해서 읽는 책이 무슨 내용인지 알지 못하듯, 영원히 남편이라는 사람을 이해하지 못하는 것은 아닐까.

이른 저녁을 먹고 나면, 얌전히 책장을 넘기는 남편 곁에서 하린은 양말을 깁곤 했다. 며칠만 신으면 해지고 구멍이 나는 게 남편의 면양말이었다. 떨어진 양말 깁기는 버선볼을 대는 일보다 어려웠다. 천이 더 얇고 약한 때문이었다. 구멍이 난 곳에 전구를 대고 촘촘히 실을 얽어 그물 짜듯이 기우면 그나마 며칠을 더 신을 수 있었다.

저녁 시간. 서울에서 온 편지를 읽어주거나 어쩌다 찾아오는 방물장수에게서 들은 이야기를 꺼내면, 남편은 보던 책을 덮고 하린의 이야기에 귀를 기울여주었다. 재미있는 이야기에는 빙긋 웃기도 하고 집안의 어려운 이야기에는 미간을 찌푸리기도 했다. 그러나 여전히 그는 과묵한 편이었다. 어떤 속내나 감정을 뭐라 입 밖으로 내는 경우가 극히 드물었다.

옛 말씀에 '말은 어눌하고 행동은 민첩하라'더니, 바로 저이를 두고 하는 말인가. 그럼에도 가끔씩 고개를 드는 외롭고 불안한 마음을 떨치기 힘들었다. 지금 나와 함께 있는 것이, 다만 저 사람의 껍데기뿐인 것만 같은 두려움 때문이었다.

고모님과 시할머님이 그리웠다. 그분들의 따뜻한 눈길과 부드러운 음성이 그리고 그분들과 함께했던 시간들이 그리웠다. 하늘에서 떨어진 별처럼 너무 먼 곳에 혼자 와 있다는 외로움에 왈칵 눈물이 나기도 했다.

어서 봄이 와주었으면. 어서 날이 풀려 고모님과 시할머님을 뵈러 갈 수 있다면.

찾아오는 사람이 별로 없는 집에 사립문 밖에서 누군가 부르는 목소리가 들린 것은 하린이 이사 오고 나서 두어 달이 넘은 어느 날이었다.

문밖에 늙수그레한 여인이 고구마 한 소쿠리를 들고 서 있었다. 이 집 주인이라는 여인네였다. 푸근한 인상이었다. 들어오라는 소리도 하기 전에 마치 자기 집 드나들 듯 안방에 들어와 앉은 여인이,

"새댁이 서울서 왔다는 소리는 진즉에 들었는데. 그간 날이 너무 추워서 내가 꼼짝을 못 했구려. 그래 집은 지낼 만하오? 방이 아주 따뜻하네."

손으로 방바닥을 만져보며 하는 말이다.

하린을 찬찬히 바라보던 여인이 물었다.

"서울댁이라 참 곱네. 그래 올해 몇이나 됐수?"

"네, 스물다섯이 됐습니다."

"아이구, 이제 갓 스물이나 넘었나 했구려. 앳되기도 하네."

"……."

"전에는 이 댁 서방님이 우리 집에서 숙식을 했다우. 우리 집은 여기서 저 뒤로 좀 더 들어가서 있어요."

"그러셨군요."

"사람이 참 점잖고, 아이들도 예뻐하고 강아지도 좋아하고. 우리 손자들이 그렇게 매달리고 귀찮게 해도 귀엽다고 목말(무등)을 태워서 놀아주고. 우리 같은 촌사람들에게도 깍듯이 인사를 차리시고. 참 양반 중에 양반이야, 남편이."

"네에, 그랬군요."

"공부도 많이 하셨는지 늘 보면 책을 끼고 살고. 반듯한 양반이더라고. 술을 너무 좋아해서 그게 탈이지."

"술을 좋아한다니요?"

놀란 하린이 눈을 크게 떴다.

"술은…… 통 안 하는데요."

혼인 이래로 술이라면 단 한 잔도 입에 대는 것을 못 보았다.

"저런. 이렇게 예쁜 새댁을 데려다 놓으니 술도 그립지 않은가 보네. 다행이네. 참말로 다행이네."

"전에는 술을 많이 자셨나 보죠?"

"많이 자셨지. 그 좋던 양반이 술만 들어가면 영판 딴사람이 되니까."

"네에? 딴사람이라니요?"

"배운 분일수록 이놈의 세상에 울분이 많으셔서 그런지. 사방에 답답한 일이 많아서 그런지, 술만 자시면 억병으로 취해. 취해서는 형편없이 주사를 부리고……."

여인네가 하린의 굳은 얼굴을 보고는 말을 잠시 멈추더니 다시 입을 열었다.

"그래서 한동안 술을 끊는다고 하시는 것 같던데, 어디 그게 쉬운가? 이후로도 몇 번인가 주사를 부리다가 군청 사람들하고 큰 싸움이 나고 그랬다우. 다른 건 참 좋으신 분인데, 하여튼 그놈의 술이 웬수지."

"……."

"서방님 약주 하신 날은 새댁이 되도록 서방님 거스르지 말아요. 술만 깨고 나면 언제 그랬냐는 듯이 다시 딴사람이 되니. 새댁을 보니 홱 불면 날아갈 사람같이 약해 보여서 딱해서 해주는 말이우. 되도록 술만 많이 자시게 하지 말아요. 그것만 아니면 나무랄 데가 없는 양반이니."

주사라니. 하린은 좀 더 자세한 이야기를 듣고 싶었다. 술에 취하면 남편이 어떻게 변하는지. 그간 술에 관해 어떤 안 좋은 일이 있었는지. 하지만 더 물을 용기가 나지 않았다. 어떤 끔찍한 이야기를 들을지 몰라 겁이 났다.

"남정네가 약주 하는 거야 흉은 아니니 너무 걱정하지 말고, 하지만 되도록 밖에 나가 친구들과 어울리는 걸 못 하게 해야 돼. 워낙 착한 사람이니 아내가 잘 구슬리기 나름 아니겠소? 너무 걱정

말아요. 어서 저녁이나 맛나게 해서 서방님 차려 드리슈. 아참, 행여 내게서 이런 말 들은 척은 하면 안 돼요. 큰일 나지."

말을 마친 여인네가 자리에서 일어섰다. 방을 한번 둘러보고는 태평하게 한마디 보탠다.

"아이고, 서울댁 살림이라고 윤이 반드르르 나는구먼. 신랑이 서울서 새댁 데려온다고 도배도 손수하고 문도 새로 바르고 했다우. 한동안 비어 있던 집이라 신푸냥스러웠거든."

여인네가 돌아가고, 하린은 아궁이 앞에 쪼그리고 앉아 노인의 말을 되새겨본다. 아이가 들어선 후부터는 보리밥 끓는 냄새가 역겹도록 싫었지만 자리를 뜨기도 귀찮았다. 여인네가 하고 간 말이 가슴에 돌덩이처럼 무겁게 얹혀 있었다. '주사'라는 말이 머릿속에 뱅뱅 맴돌았다.

결혼한 지 1년이 넘도록 단 한 번도 술을 마신 적이 없는, 그런 모습을 보여준 적이 없는 남편이었다. 그렇게 말수 없이 얌전한 사람이, 설마? 하지만 그 여인네라고 있지도 않은 말을 공연히 하고 갔을 리도 만무한 일. 밥이 끓어 넘치지 않도록 부지깽이로 잔불을 흩으며 두려운 마음을 달래본다.

주사. 술주정. 말만 들었지 그런 사람은 여태 한 번도 본 적이 없는 하린이었다. 막연하게 두렵고, 궁금하고, 걱정스러웠다. 긴 한숨이 절로 나왔다.

"미리부터 걱정하지 말자, 당할 때 당하더라도. 그래도 미리 알게 된 것이 다행이라면 다행 아닌가."

　마음을 진정시키고자, 좋아하는 시 한 수를 천천히 읊조려본다. 도연명의 시다.

　남산 아래 콩을 심었으나(種豆南山下)

　풀만 무성하고 콩 싹은 보이지 않네(草盛豆苗稀)

　새벽에 나가 우거진 잡초를 뽑고(侵晨理荒穢)

　달과 함께 호미 메고 돌아온다(帶月荷鋤歸)

　길은 좁은데 초목이 자라(道狹草木長)

　저녁 이슬이 옷자락 적신다(夕露沾我衣)

　옷 젖는 것은 아까울 것 없으되(衣沾不足惜)

　다만 바라는 농사 뜻대로 되기를(但使願無違)

두
개
의
얼
굴

그러고 보름이나 지났을까. 늘 그렇듯 날이 어둑어둑해지자 병수가 돌아왔다.

"나 왔소."

"오셨어요? 날이 좀 풀렸죠?"

"응."

다정한 듯 무심한 듯, 여전히 알 수가 없다. 세상 시름을 혼자 짊어진 듯한 지친 얼굴이다. 간소한 저녁 밥상을 들이자 상 앞에 앉은 병수가 별말 없이 천천히 식사를 했다. 늘 그렇듯 젓가락으로 밥알을 세듯 먹는 하린을 한번 건너다보고는 김 접시를 하린의 앞으로 슬쩍 밀어놓는 게 전부다.

저녁 설거지를 마치고, 하린이 남폿불의 심지를 돋웠다. 버선에

불을 대려고 반짇고리를 내려놓는데, 병수가 입을 열었다.

"내일은 밖에서 저녁을 해야 할 것 같소."

"……아, 그래요?"

"군청 사람들이 장가간 턱을 내라고 벌써부터 야단이었는데, 당신이 이리로 오면 한다고 미뤘다오. 그간 내가 신세 진 사람도 많고, 어디 가서 저녁 겸 술이나 한 번 사야 할 것 같아요."

"수, 술이오?"

"좀 늦을 거요. 기다리지 말고 저녁 먼저 먹고 자요."

하린의 가슴이 철렁했다. 지난번 여인네가 찾아왔을 때의 이야기가 퍼뜩 떠올랐다. 떨리는 가슴을 겨우 진정하며 입을 열었다.

"그러세요. 그래도 너무 늦지는 마세요. 동네가 후미지고 대문이 신통치 않은 집이라 밤이 되면 혼자 있기가 조심스러워요."

술을 많이 마시지 말라는 말은 차마 할 수 없었다.

'그 좋던 양반이 술만 들어가면 영판 딴사람이 되니까.'

남편에 대해, 미간을 찌푸리며 했던 말이다. 딴사람이 되다니, 도대체 어떻게 변한단 말인가? 술이란 게 그렇게 무시무시한 물건이란 말인가?

어렸을 때 어른들이 하는 이야기를 들은 적이 있다. 술만 입에 대면 주사를 부리는 어느 사내 이야기였다. 이 몹쓸 남편이 술만 먹고 오는 날이면 무슨 시빗거리든 만들어서 작대기로 밤새 마누라를 때렸다.

어느 날 저녁, 또 술 취해 돌아올 남편이 겁난 마누라가 꾀를 냈다. 돗자리를 둘둘 말아서 자기 옷을 입혀 구석에 세워놓은 것이다. 아니나 다를까, 고주망태가 된 남편이 집에 돌아와서는 그걸 마누라인 줄 알고 밤새 때려서 돗자리가 다 부서졌단다. 아침에 술에서 깬 남편이 그 돗자리를 보고 아내에게 물었다.

"어째서 저 돗자리가 당신 옷을 입고 있으며 저렇게 부서진 거요?"

기가 막힌 아내가 말했다.

"저것이 나인 줄 알고 당신이 어제 밤새도록 두들겨 패놓았답니다."

그 후로는 남편이 제아무리 술을 마시고 돌아와도 일절 아내에게 손을 대지 않았다는 이야기였다. 그때는 꾀 많은 아내의 기지가 재미있다며 웃었다. 그러나 그 옛날 이야기가 남의 이야기가 아닐지도 모른다는 생각에 몸이 오싹했다.

다음 날 하린은 남편을 기다리는 것 외에 아무것도 할 수가 없었다. 저녁이 되고, 남편이 늦어지자 불안감이 커졌다. 사람들과 술을 마시는 중일까. 많이 취했을까. 여인네 말처럼 딴사람이 된 건 아닐까. 그렇다면 내게 손찌검을? 설마 그렇기까지야 할까. 아이까지 가진 사람을. 밤이 깊도록 양말을 기우며 좀처럼 오지 않는 사람을 이제나저제나 기다렸다.

집 안에 시계라고는 친정아버님이 쓰시던 회중시계뿐이었다.

그마저 어두운 등잔불 아래서는 잘 보이지도 않았다. 저녁을 먹고 나서 한 대여섯 시간이 지났을까. 아마 자정이 가까울 터였다. 그때 담 너머에서 지척대는 발자국 소리가 들려왔다. 남편일 것이다. 반가움 대신 가슴이 철렁 내려앉았다.

"병수!"

보이지 않는 음성이 남편의 이름을 부른다. 그것은 갈 데 없이 남편의 음성이었다. 혀는 꼬부라졌지만 남편의 음성이 분명했다.

하린은 섬뜩했다. 이게 무슨 일인가? 자기가 자기 이름을 부르다니! 그녀는 갑작스런 두려움에 몸이 떨려왔다. 어떤 몹쓸 망령이 그녀의 몸 깊은 곳을 관통하는 것만 같았다.

"어이, 병수!"

보이지 않는 음성이 다시 소리쳐 남편을 불렀다. 떨리는 손으로 겨우 방문을 밀치고 나갔다. 사립문짝을 막아 놓은 작대기를 치우자, 남편이 쏟아지듯 그녀에게로 고꾸라지며 마당으로 들어왔다. 틀림없이 그였다. 하린을 바라본 그가 혀 꼬부라진 소리로 다짜고짜 시비를 걸었다.

"이 밤중에…… 외간 남자가 남편을 찾아왔는데, 누군지 묻지도 않고 문을 열어줘? 누군 줄 알고?…… 나 말고 다른 사람을 기다렸나? 그게 누구야! 엉?"

고함과 함께 비틀대며 온몸으로 그녀에게 달려들었다. 그녀의 힘으로는 그 힘을 버틸 수 없었다. 그대로 떠밀려 툇마루에 나가

떨어지고 말았다.

남편 병수이며, 동시에 그가 아닌 딴사람이었다. 분노와 광기로 일그러진 그의 얼굴은 아침에 본 병수의 얼굴이 아니었다. 머리는 흐트러지고, 눈은 이글거리고, 입가는 풀어지고, 귀신의 얼굴처럼 낯설고 무서운 모습이었다.

세상에 이럴 수가 있다니! 한 사람 속에 이렇게 다른 두 얼굴이 존재할 수 있다니! 마당에 넘어졌던 그가 비틀거리며 일어서더니 다시 그녀를 향해 비척비척 다가왔다.

아슬아슬 몸을 피하려는 순간, 하린의 눈에서 퍼런 불이 번쩍 일었다. 맞은 부위의 통증보다, 참을 수 없는 두려움에 온몸이 떨렸다. 연달아 날아오는 그의 손을 피하려고 이리저리 필사적으로 고개를 돌렸지만 그의 완강한 손아귀에 잡혀 꼼짝을 할 수 없었다. 어느새 터진 입에서 덥고 미끈한 피가 흘렀다. 입가를 흐르는 핏물이 저고리 앞깃을 꺼멓게 물들이고 있었다.

순간 정신이 번쩍 들었다. 하린은 이제 막 배 속에 자리 잡은 어린 생명을 떠올렸다.

"이렇게 당하면 죽는다. 나도 아기도."

있는 힘을 다해 그의 손아귀를 벗어났다. 부엌으로 뛰어들어가서는 물 항아리에서 찬물을 한 바가지 가득 펐다. 그러고는 씩씩거리는 남편의 얼굴에 세차게 끼얹었다.

살얼음이 낀 찬물을 머리에 뒤집어쓴 그가 움찔, 몸을 떨었다.

그러더니 주춤주춤, 마룻바닥에 힘없이 쓰러졌다. 정신을 잃은 것인가. 술에 곯아떨어진 것인가. 숨소리만 나직하게 들려왔다.

하린은 수건을 적셔 피범벅이 된 얼굴을 닦아내었다. 무참히 두드려 맞은 콧등이고 이마고 손을 댈 수 없이 쓰라리고 아렸다. 가슴이 바닥까지 주저앉는 기분이었다.

젖은 수건을 내려놓고 잠시 마루에 앉아 밤하늘을 바라보았다. 달빛이 유난히 차가웠다. 온몸이 떨려왔다.

이 무슨 날벼락이란 말인가. 바로 저런 것이 술 먹은 주사인가? 저 정도면 주사가 아니라 정신이상이라고 해야 할 것 아닌가? 혼인한 이후 지금까지 단 한 번도 거친 행동이나 말을 한 적이 없었던 그가, 어쩌면 저렇게 돌변할 수 있단 말인가? 이제 어째야 하나. 저 사람하고 어떻게 살아야 하는가?

잠시 후 남편이 비틀거리며 일어섰다. 곁에 있는 하린의 존재를 잊은 듯, 자신이 지금 어디 있는지조차 모르는 듯, 몸을 떨며 안방으로 기다시피 들어갔다.

하린도 건넌방으로 가 옷을 입은 채 꼬부려 누웠다. 불을 때지 않은 방바닥이 얼음장같이 차가웠다. 그제야 온몸이 쑤시고 아파왔다. 안방에서는 남편의 코고는 소리가 거칠게 들리건만 그녀의 머릿속은 씻어낸 겨울 밤 달처럼 맑았다.

눈물도 나지 않았다. 당장 날이 밝으면, 어떻게 남편을 대해야 할까?

다음 날 아침 아내의 얼굴을 대한 병수는 절로 숨이 멎었다. 멍든 뺨과 부어오른 콧등, 부르튼 입술. 심장이 졸아붙는 것 같았다. 쥐구멍이라도 들어가고 싶었다.

어제 저녁 술자리를 어렴풋이 떠올려본다. 떠들썩한 분위기. 밝게 웃는 사람들. 그리고 바삐 주고받는 술잔들. 술이란 참으로 이상한 물건이다. 처음 몇 잔 마실 때는 억지로 마시듯 망설이게 되다가, 몇 순배 돌고 나면 술이 술을 부르듯 자연스럽게 잔이 돌고 돌며 마시고 또 마시고, 나중에는 술 주전자를 거꾸로 들어붓게 되고 마는 것이다.

자리를 마치고 귀가해 집에 도착하던 즈음의 시간들을 연이어 떠올려본다. 아무 기억이 없다. 아무런 것도 생각나지 않는다. 다만 아내에게 뭐라고 소리치던 장면이 희미하게 떠오르긴 한다.

병이 도졌구나. 내가 아내에게 손을 댔구나. 아이를 가진 아내를 때렸구나. 이 일을 어쩌나. 이 일을 어쩐다는 말인가. 그토록 다짐을 했건만, 결국 무너지고 말다니.

머리가 깨질 것 같았다. 속이 뒤집어질 듯 메슥거렸다. 모두 술기운 때문이었다. 저주할 놈의 술!

아내가 아침 밥상을 들고 들어왔다. 아내는 아무런 내색을 하지 않았다. 옷도 새 옷으로 말끔하고 머리도 단정하게 빗었다. 그러나 얼굴에 생긴 끔찍한 상처만은 감출 수 없었다.

병수는 차마 고개를 들 수 없었다. 차마 아내를 똑바로 볼 수가 없었다.

"어제 밤에, 그만……."

머뭇머뭇, 어렵게 입을 열었다.

"어떤 악마가 당신을 그 지경으로 만들었구려…… 내가 할 말이 없소. 그간…… 조심하고 조심하며 살려고 했건만…… 정말로 미안하오."

고개를 돌린 아내는 좀처럼 대꾸가 없었다. 밥상 위의 된장국이 차갑게 식을 즈음에야, 단호하게 한마디.

"아시면 되었어요. 술은 이번뿐입니다."

병수가 긴 한숨을 뱉어냈다.

"크게 다친 건 아닌지…… 병원을 가봐야 하는 거 아니오?"

아내도 아내지만 배 속의 아이가 걱정이 되었다. 이런 자신이 다시금 죽도록 싫어졌다.

아내는 부어 오른 입술을 겨우 움직여 대꾸했지만 그와 눈을 마주치려 하지 않았다.

"다 괜찮습니다. ……어서 아침 드시고 출근하세요."

아침을 먹는 둥 마는 둥 도망치듯 집을 나섰다. 그는 군청으로 가는 대신 무작정 시골길을 걷고 또 걸었다.

'내가 미친놈이구나. 차라리 머리를 깎고 절로 들어가버릴 것을.'

그나저나 아내라는 여인이 새삼 다르게 보였다. 간밤에 그 지경으로 당하고도 평소와 다름없이 자기를 대하는 아내 하린의 태연함. 무서운 사람이구나. 저 풀꽃처럼 작고 연약한 여인의 안에, 어찌 저런 담대함이 숨어 있단 말인가? 이제 저 사람이 나를 뭐로 볼 것인가?

임신한 아내는 먹고 싶은 것이 많을 텐데도 일절 무얼 먹고 싶다는 말을 해본 적이 없다.

한번은 군청의 친구가 사냥으로 멧돼지를 잡았다며 고기 한 덩어리를 주었는데 아내가 그걸 구워서 하도 맛있게 먹길래, "그렇게 맛이 있소? 참 당신이 많이 주렸구려" 하니 대답도 못 하고 고개만 끄덕이던 아내. 그런 아내에게 행패를 부리다니!

자신을 둘러싼 모든 것이 어둡고 막막했지만 가장 견디기 힘든 것, 용서할 수 없는 것이 자신의 존재 자체였다.

그는 집으로 돌아가 아내에게 용서를 빌고 그 치마폭에 얼굴을 묻고 통곡하고 싶었다. 그녀의 따뜻한 위로를 받고 싶었다. 그러나 사내라는 이름이 그에게 그것조차 허용하지 않았다.

다시 찾은 일자리

1945년 가을. 해방이 된 서울은 나뭇가지 하나 풀 한 포기마저 들뜬 상태였다. 흥분한 사람들은 취한 사람처럼 들떠서 거리로 쏟아져 나왔다. 벌써 동지와 적으로 갈라져 몰려다니고 싸우기도 했지만 거리는 활기가 넘쳐 흘렀다. 보통 사람들의 살림살이는 여전히 힘들었다. 아니, 사정은 오히려 더 혼란스럽고 불안했다.

해방이 되자 병수는 곧바로 영동군청에 사표를 냈다. 더는 영동에 머물 이유가 없었다. 그러나 갓 태어난 아이와 아내를 데리고 그 복잡한 서울행 기차를 타는 것도 문제였지만 계동 집은 아내와 아이를 앞세워 불쑥 들어갈 형편이 못 되었다.

"어떻게든 셋방 하나를 비워보마. 일단 짐을 싸서 서울로 올라오너라."

어머니는 그렇게 말씀하셨지만 그럴 수는 없었다. 일자리도 돈도 없는 무직자 신세에 어찌 그 힘든 집에 들어가서 입을 보탠단 말인가? 장모는 딸을 통해 처가인 '팔판동에라도 임시로 와 있으면 어떻겠느냐'고 은근히 떠보는 눈치다. 그러나 처가살이라니? 역시 용납이 안 되는 일이었다.

어쨌거나 살길을 찾고자, 병수 혼자 서울에 며칠 다녀오기로 했다.

"부지런히 알아보고, 있을 곳이 마련되는 대로 돌아올 테니 그때 이사를 합시다."

"조심해서 다녀오세요."

"알았소. 일이 되는 대로 내려오리다."

서울도 막막하기는 영동이나 다를 바 없었다. 아니, 오히려 서울이 더 심했다.

일자리 찾기란 거의 불가능해 보였다. 해방이 되자 많은 사람들이 서울로 몰려들었다. 일본에서 돌아온 사람에 이북에서 내려온 사람들까지 거리는 실직자들로 넘쳐났다.

전에 신문사에 같이 있던 친구를 찾아가서 어렵게 운을 떼어보았다.

"혹시 일인들이 떠난 자리가 있는지, 좀 알아봐 줄 수 있겠나?"

"알아봄세. 곧 연락하도록 하지."

친구는 그러마고 고개를 끄덕였지만 그것도 크게 기대할 바는 아니었다. 병수 같은 처지가 어디 한두 명이겠는가. 이런저런 생각을 하며 무거운 발길을 옮기던 중이었다. 휘문학교 담을 돌아 계동 골목으로 접어들었을 때, 누군가 어깨를 툭 치며 그의 이름을 불렀다.

"어이, 병수 아냐?"

조 군이었다. 경복학교 때 가까이 지내던 친구다.

"정말 오랜만이네. 잘 지냈고?"

"뭐 그럭저럭."

"이게 얼마만이지? 10년은 넘은 것 같은데."

"그쯤 되었겠지."

병수가 힐끔 조 군의 입성을 살핀다. 한눈에도 경제적인 여유가 있어 보인다. 거의 반사적으로 주눅이 든다. 조 군은 병수가 여간 반갑지 않은 기색이었다.

"저기, 이럴 게 아니라, 어디라도 가세."

"어딜?"

"이렇게 서서 이야기를 나누기는 그렇잖아. 저녁 시간이 아직 멀었으니 근처에서 요기나 하면서."

조 군을 따라간 곳은 계동 골목에 있는 중국집이었다. 전족을 한 여주인이 내주는 만두는 늘 생각만 해도 입안에 군침이 돌았다. 이 집 만두에 얽힌 특별한 추억이 있다. 장가가고 얼마 지나지 않은 어느 날, 아내에게 그 만두를 맛보게 하고 싶었던 병수가 주머니를 털어 만두 몇 개를 샀는데, 그 만두 몇 개로는 그 많은 식구들 입에 한 개씩도 차례가 돌아가지 않을 터였다. 궁리 끝에 집 뒤로 돌아가 아내가 있는 방 들창문에 대고 휘파람을 불었다. 마침 방에 있던 아내가 그 소리를 알아듣고는 뒤뜰 아래 섰고, 병수는 김이 아직 모락모락 나는 만두를 담 너머로 던졌다. 앞치마로 무사히 받아낸 아내가 수줍은 얼굴로, 맛있게 만두를 먹던 그 모습은 지금도 그를 행복하게 했다.

고기만두 한 접시를 앞에 놓은 병수와 조 군이 시국 돌아가는 이야기며 학교 때 친구들 이야기를 나누었다. 학교 졸업하고 은행에 취직한 조 군은 요즘도 별 탈 없이 직장엘 다니고 있다고 했다.

"해방이 되었다고 해도 은행 일을 할 사람은 역시 필요하겠지."

"맞아. 직장에 별다른 변동은 없을 것 같아."

그렇게 대꾸하는 조 군의 얼굴에 여유와 자신이 넘쳐 보였다.

"그래, 자네는 앞으로 어떻게 하려는가? 영동군청에 있다고는 들었는데."

"군청 일은 그만뒀어, 서울로 와야 할 것 같아서."

"저런, 그래?"

"좀 됐지. 요즘은 어디 갈 곳이 없나 알아보는 중이네."

잠시 병수를 바라보던 조 군이 입을 열었다.

"실은 내 처남 되는 사람이 미 군정청에서 일을 하는데, 영어통역할 사람이 어디 없느냐고 나한테 부탁을 하던데 영어 잘하는 사람이 어디 흔해야지."

"……."

"앞으로는 이 나라에도 미국서 공부한 사람이나 영어를 할 줄 아는 사람이 많이 필요할 거야. 미국이 군정청을 통해 다시 조선을 다스리는 세상이 되지 않았나?"

"그런 것 같더군."

"집안으로 보나 할아버님을 뵈나 자네에게 통역관 일을 해보라고 내 입으로는 말 못 하겠네만, 세상이 많이 바뀌었으니……. 어때, 혹시 생각 있어?"

"나? 내가 무슨 자격으로……."

"자네가 늘 영어책을 끼고 다니지 않았나? 해볼 생각이 있다면 내가 바로 소개해주겠네. 그러나저러나 앞으로야 미국 사람들 세상이 될 것 같아."

병수는 귀가 번쩍 뜨였다. 이렇다 할 학벌도 달리 배운 기술도 없는 자신이지만, 그간 혼자서 독학으로 익힌 영어가 남다른 재주라면 재주였다. 물론 자신의 영어 실력이 어느 정도인지, 실제로 외국인과 대화를 해본 적이 없으니, 정확히는 알 수 없었다. 책이나 적당히 읽는 수준이었으니.

아직 아내가 서울집에 있을 때, 오랜만에 집에 가보니 아내가 시집올 때 가져온 자개 의걸이가 눈에 띄지 않았다. 형편이 괜찮던 처가가 없는 집에 딸을 보낸다고 정성 들여 해 보낸 혼수였다.

뻔한 이야기인지라 굳이 묻지 않았지만 그 의걸이도 팔려나갔거나 전당포에 잡힌 것이 분명했다. 동생들 월사금 아니면 할머님 의원비로 나갔거나, 바닥을 드러낸 쌀독을 채웠으리라.

그는 지금까지 아내에게 그 의걸이에 대해 묻지 못했고, 아내 역시 그 일을 입밖에 내지 않았다. 어디든 취직을 해서 일고여덟 식구가 한방에서 지내는 한이 있더라도 아내와 아이를 서울로 데려오고 싶었다.

이 판국에 통역관이면 어떻고 장사치면 또 어떠랴. 다 거덜난 집안. 무슨 체면치레할 것이 남아 있는가! 두어 달 전 태어난 딸아이가 떠올랐다.

동그랗고 통통한 볼이 깨물고 싶게 예뻤다. 제 어미젖을 열심히 빨며 곁눈질로 그를 올려다보는 눈은 영락없이 민가네 눈을 닮아 있었다. 무한히 신기했고 신비로웠다. 모르던 세상에 새로이 눈을 뜨는 기분이었다. 할머님은 아이 이름을 은기(恩基)라고 지어 보내셨다. 그렇게도 보고 싶어 하시는 할머니께 아이도 보여드리고 싶었다.

이제 발등에 불이 떨어진 형편이다. 먹고살려면, 무엇보다 저 죄 없이 어린 생명을 키우려면 어디든 직장이 필요했다.

다음 날 조 군이 곧바로 연락을 해줬다.

"중앙청에 있는 미 군정청으로 가서 심동운이라는 사람 찾아. 내 처남이니까."

"고맙네. 이 고마움 잊지 않을 거네."

"친구 좋다는 게 뭔가. 시절이 참 이 모양일세. 모쪼록 힘내자고."

그렇게 취직이 된 자리는 군정청이 아니라 군정청의 공사를 맡아서 하는 미국 건설 회사였다. 일인들이 넘기고 간 적산 건물을 접수해서 헐거나 수리해서, 장차 한국 정부가 필요로 하는 공공 건물 등을 짓는 일을 하는 곳이었다.

현장 직원들은 모두 한국 사람들이고 감독하는 몇 사람은 미국인이었다. 병수가 하는 일은 회사의 지시를 통역하여 한국 직원들에게 알리고 한글로 된 문서는 영어로 번역하는 것이었다.

일은 할 만했다. 하지만 일의 성격상 그는 직장 내에서 한국 사람도 미국 사람도 아닌 존재가 되었다. 한국 사람들에게는 그들을 감독하는 미국 사람 편으로, 회사 측으로부터는 현장 사람들과 한편인 한국 사람 취급을 당하는 입장이었다.

그래서였을까. 한국인 노무자들은 모여서 이야기를 하다가도 그가 지나가면 말을 뚝 끊고 그가 지나가기를 기다렸다. 하루 일과가 끝나고 술자리로 우르르 모여 갈 때도 일절 병수를 끼어주는 법이 없었다. 그러나 병수는 그것이 오히려 편했다. 여럿이 떠들썩하게 어울려 다니는 것은 병수의 체질에 맞지 않는 일이었다. 혼자 음악을 듣고 책이나 읽는 것이 그보다 더 좋은 일이었다.

괜찮은 회사였다. 월급도 제날짜에 또박또박 나오고, 시간 되면 눈치 보지 않고 퇴근을 해도 좋았다. 가끔 회사 식당에서 점심으로 나오는 햄버거라는 고깃덩어리를 받아두었다가 할머니께 갖다 드리는 것도 큰 낙이었다. 구내매점에서 초콜릿 같은 것도 사다가 이제 막 간식을 먹기 시작한 은기에게 먹일 수도 있었다.

그 초콜릿 한 상자의 양이 꽤 되었는데, 어느 날 일찍 퇴근을 한 병수는 며칠 전 사다 준 초콜릿 한 상자가 다 떨어진 것을 알게 되었다.

"아니, 그 많을 것을 어린 것이 벌써 다 먹었단 말이오?"

그러자 아내가 웃으며 얼버무렸다.

"그게 보기보다 얼마 되지 않더라고요."

"얼마 되지 않는다니? 스무 개도 넘게 들어 있었을 텐데."

딸아이에게 달콤한 초콜릿을 먹이며 재롱을 볼 생각이었던 병수가 섭섭한 마음이었다가 아차, 하는 심정이 되었다. 내가 생각이 짧았구나. 짧아도 이만저만 짧은 게 아니었구나. 막내 동생도 아직 어리고 할머님도 계시고, 드나드는 사촌들은 또 한두 명인가.

"내 다시는 안 사온다"고 화를 냈지만 내심, 그 많은 식구들을 내색도 하지 않고 두루 건사하는 속 깊은 아내가 정말로 고마웠다.

병수는 딸아이를 무척 사랑했다. 아무리 추운 날이라도 반드시 마당에 나가서 담배를 피우고 방에 돌아왔다. 그뿐 아니라 꼭 물로 양치를 하고서야 아이를 안곤 했다. 가끔씩 친정에 들르는 병수의 고모는 그러는 병수를 보면 혀를 차며 놀렸다.

"하기야 꺾어진 육십에 아이를 보았으니 왜 안 귀여울까? 그렇게 좋은 걸 왜 진작 장가를 안 갔을꼬? 이제야 후회되지?"

지난해 돌을 넘기며 옹알이를 시작한 딸아이는 두 돌 지나면서부터 제법 발음이 분명해졌다. 아직 서툴지만 입술을 열심히 오므리고 펴며 재잘재잘 말을 하는 딸을 보는 것이 그에게는 가장 큰 기쁨이었다.

바람 불면 꺼질 것 같고 눈에 넣어도 안 아플 것 같은 딸아이의 돌상을, 병수는 끝끝내 차려주지 못했다. 도저히 그럴 형편이 아니었던 것이다.

병수 자신의 첫돌에, 병수는 세상 하나뿐인 천자문 책을 선물받았다. 병수가 태어났을 때 할머님은 천 명의 사람들로부터 한 글자씩 병수의 복을 빌며 천자문을 쓰도록 하였고, 그 글씨로 책을 엮어 병수의 돌상에 올린 것이었다. 할머니는 병수에게 늘 흐뭇하게 말씀했다.

"내 네가 공부를 잘할 줄 알았다. 돌상의 그 많은 물건 중에서 제일 먼저 잡은 것이 그 천자문 아니었더냐."

병수 형제들은 모두 그 책으로 돌아가며 천자문을 뗐다. 집안이 망하며, 이제는 그 천자문 책조차 간 곳이 없었다. 그런데 자신은 딸의 돌상은커녕 사진 한 장을 제대로 찍어주지 못한 아비가 된 것이다.

얼마 전 회사 사장이 제안한 이야기를 병수는 다시 곰곰이 생각해본다.

'당신은 참 정직하고 신사다운 사람이다. 조선인들이 다 당신 같지 않다는 것을 나는 잘 알고 있다. 나는 자식이 없는 사람이다. 그래서 당신 같은 젊은 사람을 돕고 싶다. 당신이 원하면 미국으로 데려다 제대로 공부를 시키고 싶다. 시간을 가지고 생각해보라······.'

외국인 사장은 병수를 크게 신임하였다. 늘 병수의 정직함을 칭찬하는 사람이었다. 사실 병수의 자리는 돈을 만들려면 얼마든지 만들 수 있는 위치였다. 현장에 있는 한국인 현장소장이나 자재를 조달하는 사람들로부터 '적당히 눈감아 달라'는 유혹과 협박이 끊이지 않는 위치였다.

그러나 병수는 일절 그들의 청을 들어주지 않았다. 그러다가 그들이 보낸 패거리에게 뭇매를 맞아 팔이 부러진 적도 있었다. 병수의 사람 됨됨이와 그 집안이 어떤 집안이라는 것을 알게 된 그들이, 나중에는 스스로 병수에게 굽히고 들어오기도 하였다. 외국인 사장의 신뢰는 그로부터 비롯되었던 것이다.

그 제안을 어쩌면 좋을 것인가. 미국은 꼭 한 번 가보고 싶은 나라다. 하지만 그렇다고 훌쩍 떠나갈 수는 없었다. 남의 돈으로 공부를 한다는 것도 내키지 않았고, 더구나 집안의 종손인 그가 식구들을 두고 해외로 떠나간다니 있을 수 없는 일이었다. 한두 해도 아니고, 저 많은 식구들을 누가 다 먹여 살린단 말인가?

사장의 제의를, 손아래 동생 병구에게 이야기했다. 동생은 한참을 말이 없다가 진지한 얼굴로 입을 열었다.

"형님, 가세요. 좋은 기회잖아요."

"그게 어디 가능한 말이냐?"

"내년이면 내가 졸업을 해요. 식구들은 내가 책임지겠어요."

병수는 내심 기뻤다. 많이 컸구나. 철부지 소년으로만 알던 동생이 이렇게 커서 집안 돌보겠다고 나서는구나.

동생 병구와는 아홉 살 차이가 났다. 병구는 집에 있을 방도 마땅치 않고 학비 문제도 있어서, 김 선생이라는 분 댁에서 그 댁 자제들을 가르치며 가족처럼 지내고 있었다.

"가기는 이 나이에 내가 어디를 간단 말이냐?"

"하지만 형님."

"나는 오히려 너를 생각했다. 내 대신 네가 가서 공부를 했으면 한다. 그러니 영어 공부를 착실히 해둬라. 앞으로 이 세계는 미국이 좌지우지하는 세상이 될 거다."

잠시 말을 끊은 병수가 먼 곳을 바라보았다. 형이라고 동생에게 아무 도움도 주지 못하는 처지에, 다시 한 번 한숨이 나왔다.

"그리고 너, 혹시 내가 없어지더라도, 만에 하나 그런 일이 생기더라도, 은기를 잘 돌봐야 한다. 부탁한다."

"형님, 그게 무슨 말씀이오?"

"혹시나 해서 하는 말이다."

"형님이 왜 없어져요. 미국은 안 가신다면서요?"

"그게…… 미국 간다는 이야기가 아니고, 갑자기 내가 왜 이런 말을 하는지 나도 모르겠다. 하여간 그래, 어떤 일이 있어도 내 대신 은기를 돌보겠다는 약속이 꼭 듣고 싶구나."

"공연한 말씀 마세요. 왜 그런 쓸데없는 생각을……."

두 형제는 그날 그렇게 이야기를 하고 헤어졌는데, 그것이 형제가 함께한 마지막이 될 줄은 아무도 몰랐다.

추석을 넘기고 한 달이 지나니 해가 지면 공기가 제법 쌀쌀했다. 보름이 지난 지 며칠 되지 않아 달은 차게 빛났다.

그날 밤, 집에 올 시간이 지났건만 남편은 아무 기척이 없었다. 아침 일곱시면 시계처럼 정확하게 통근 지프가 와서 그 차를 타고 출근했고, 또 저녁 일곱시면 시계처럼 정확하게 집에 돌아오는 그였다.

하린은 불안했다. 알 수 없는 불안감이 가슴을 짓눌렀다. 은기에게 젖을 물리고 앉아 있는데 왠지 자꾸만 불안해지는 것이었다. 도무지 진정을 할 수가 없었다.

정신을 차리고 보면 아이는 품에서 잠이 들어 있다. 그러나 웬일인지, 아이가 아장아장 걸어 문밖으로 나가는 환영이 보이는 것이었다. 온몸이 떨리고 한기가 몰려들었다. 그 많은 식구들이 다 어디로 갔는지 집 안은 쥐 죽은 듯 조용했다.

아니다. 마루에 사람들이 모여 있는 것 같았다. 사람들이 두런두런 속삭이는 소리가 들리는 것도 같았다. 여러 사람들이 분주히 움직이는 것도 같았다. 어디선가 울음을 참는 소리가 나는 것 같기도 했다. 어디선가 음울한 속삭임이 들리는 것 같기도 했다.

가슴이 무거웠다. 알 수 없게도 가슴이 무거웠다. 꼼짝을 할 수가 없었다. 마치 꿈을 꾸듯 모든 게 아득하기만 했다. 잠이 든 아이를 자리에 뉘고 마루로 나가봐야겠다고 생각하며 일어서는데, 휘청하며 현기증이 났다. 마비된 듯 몸이 말을 듣지 않았다.

"내가 왜 이러지? 이게 무슨 일이람."

때마침 누군가가 방으로 들어왔다. 시어머니 이씨였다.

경황없고 허둥대는 모습이다.

"애야, 홑이불 좀 찾아야겠는데."

"어머니⋯⋯."

"홑이불 어디 있느냐. 좀 내보련."

이 밤중에 무슨 노릇인지 알 수가 없었다.

"어머니, 몇 시나 됐나요? 아비는 아직 안 왔나요?"

"그래⋯⋯ 아직⋯⋯. 어서 홑이불을."

이씨는 말도 제대로 못 하고 있다. 하린이 반닫이를 열고 홑이불을 찾아 뒤적였다. 그런데 이상한 일이다. 손이 너무도 떨려서 잘 찾아지지 않는다. 이 밤중에 홑이불을 어디다 쓰실 건지⋯⋯. 그때 머릿속이 지끈하며 한 가지 생각이 벼락처럼 머리를 내리쳤다.

시신을 덮는구나! 시신! 죽은 자의 몸! 누구인가? 도대체 누가 죽었나?

"어머니, 도대체 무슨 일이⋯⋯이 밤중에 어째서 홑이불을 찾으시는지요."

이씨가 바닥에 쓰러지듯 주저앉는다. 그녀를 얼싸안고 울음을 터트렸다.

하린의 눈앞이 하얘졌다. 아니, 캄캄해졌다.

남편이다! 남편에게 무슨 일이 있구나!

시어머니 이씨를 밀치고 미친 듯 문밖으로 뛰쳐나갔다.

마루에 사람들이 모여 있었다. 시댁 어른들이 한데 모여 웅성대고 있었다. 그 장면이 질긴 악몽 속 한 장면처럼 흐릿했다.

누군가가 다급하게 말했다.

"안 돼, 보여서는. 은기어미 막아라!"

그녀는 그대로 마루에 주저앉았다.

겨우 정신을 차리고 눈을 떴을 때는, 이미 남편의 혼을 부르는 초혼이 끝난 뒤였다. 하린이 머리에 꽂고 있던 은비녀를 뽑고 머리를 풀었다. 새카맣고 윤이 나는 머리가 찰랑, 그녀의 가녀린 어깨로 떨어졌다.

그리고 어둠. 의식의 공동 상태. 누가 미음을 입에 넣어주면 삼키고 앉으라면 앉고 서라면 서는 혼이 빠진 상태가 지속되었다.

소식을 듣고 달려온 친정어머니가 방바닥을 치며 대성통곡을 할 때쯤에야 하린은 겨우 실감할 수 있었다. 도대체 무슨 일이 일어난 것인지. 도대체 자신에게 어떤 시련이 닥친 것인지.

남편이 죽었다! 그 사람이 저세상 사람이 되었다!

이상하게 울음이 나오지 않았다. 머릿속은 물로 씻은 듯 아무 생각도 나지 않았다. 마치 종이로 만든 사람과 같은 며칠을 보내고 남편을 땅에 묻을 때에야 비로소 울음이 터져 나왔다. 관이 구덩이에 자리를 잡은 뒤, 시키는 대로 첫 삽의 흙을 손으로 쥐어 관위에 뿌리던 때였다. 그제야 모든 것을 분명하게 알 수 있었다.

이게 마지막이구나. 가엾은 이. 어쩌면 그렇게 쉽게 간단 말인가. 한마디 작별의 말도 없이. 이제 혼자였다. 혼자서 은기를 길러야 한다. 끝도 없는 눈물과 설움이 그녀를 뒤흔들었다.

병수가 죽던 날 아침이 기억에 생생했다. 평소 같으면 식사를 마치자마자 숭늉을 훌훌 마시고는 급히 집을 나서던 병수였다. 그런데 그날 아침은 뭔가 개운치 않은 얼굴로 말했다.

"오늘은 하루 쉬고 싶어. 어젯밤 꿈이 하도 기분 나빠서."

남편은 마치 눈앞에 어떤 장면이 펼쳐지고 있는 듯 생생하게 간밤의 꿈 이야기를 했다. 칠흑같이 어두운 밤. 혼자 배를 저어 강을 건너가는 중이었다. 그런데 뒤에서 누군가 자신의 이름을 부르더란다. 돌아보니 발가벗은 여자다. 머리는 산발을 하고 소리쳐 병수 이름을 부르는데, 손에 커다란 칼이 쥐어져 있었다. 듣기만 해도 소름이 끼치는 꿈이었다.

"정말 기분 나쁜 꿈이네요. 그러나 꿈은 항상 반대라지 않아요? 그 여자에게 잡히지 않았으니 괜찮을 겁니다. 오늘은 만사 조심하고 일찍 들어오세요."

"영 께름칙해서."

이른 아침 날씨가 제법 쌀쌀했다. 외투 하나 없이 늘 입던 양복에 모자를 눌러 쓰고 다 떨어진 구두를 급히 꿰며 나가는 남편의 뒷모습이 몹시 쓸쓸해 보였다. 어떻게 하든 다음 달에는 외투를 하나 마련해줘야겠구나. 그것이 그와의 마지막이었다.

내가 남편의 등을 떠밀어 사지로 내보냈구나! 남편이 그날 출근을 하지 않았더라면, 이런 일은 일어나지 않았을 것 아닌가.

그날 병수의 하루는 크게 다르지 않았다. 별 탈 없이 하루 일과가 끝났고, 막 퇴근을 하려던 참이었다. 가까이 지내던 미국인 직원이 그에게 다가왔다.

"어때, 별일 없으면 저녁이나 같이 할까?"

먼 타국에 와 혼자 살고 있는 젊은 친구였다. 한 번쯤은 집으로 데려와 식사를 대접하고 싶었지만 집에 누굴 데려올 형편이 아니니 그러지 못했다. 병수가 흔쾌히 그를 따라나섰다.

친구와 많은 대화를 나누었다. 그의 이야기를 들으며, 병수는 한 번도 가보지 못한 미국이란 나라를 머릿속으로 그려보았다.

그가 보여준 사진 한 장이 무척 인상적이었다. 어느 대학 교정의 분수대 앞. 테니스 라켓을 들고 흰 반바지에 흰 스웨터를 입은 젊은 남녀가 다정히 서서 웃고 있었다.

"내 약혼녀야."

"미인이구나."

"고마워. 대학 때 처음 만났어. 요즘도 매일 편지를 주고받는다."

"멋지다, 어서 만나야 할 텐데."

저녁을 끝낸 두 사람이 회사 지프를 타고 현장이 있던 태릉 근처를 떠난 것은 거의 아홉시가 가까운 시간이었다. 두 사람은 달빛에 의지해 포장이 되지 않은 길을 천천히 달리고 있었다. 그러나 운전을 하던 그 친구가 무엇인가를 피하듯 갑자기 핸들을 급히 꺾으며 외쳤다.

"오우 노우!"

거의 같은 순간 병수는 지프에서 튀어나오듯 그대로 길로 굴러 떨어지며 의식을 잃었다. 그들이 탄 지프는 군용으로 자동차 문이 없었다. 그래서 차가 나무를 들이받는 순간 병수는 그대로 내동댕이쳐진 듯 굴러 떨어지고 만 것이다. 그 상황에서 머리를 무언가에 심하게 부딪쳤고, 그의 시신은 얼굴을 알아볼 수 없을 지경으로 참혹했다.

직접 운전을 했던 미국인은 운전대를 움켜쥔 덕분에 생명에는 지장이 없었다. 왼팔과 양 다리가 골절되는 부상만 당했을 뿐이다.

병수의 장례가 치러진 후, 그 젊은 미국인은 그날을 회상하며 몸서리를 쳤다.

차가 공사 현장이 있던 태릉에서 비포장도로를 거의 빠져나온 지점에 이르렀을 때, 갑자기 차 앞에 뭔가 휙 지나가더란 것이다.

"흰옷을 입은 여자였어요. 그 여인을 피하려고 운전대를 급히 꺾다가 그만 그대로 나무를 들이받았던 거죠."

"흰옷을 입은 여자?"

"예, 하지만 손전등을 켜고 주변을 살폈을 때, 그 여인의 흔적은 어디에도 없었어요. 여인의 비명소리 같은 것도 전혀 못 들었고, 단지 병수만이 차에서 튕겨나가 머리에서 피를 흘리며 쓰러져 있었지요……."

어둠 속 흰옷의 여인이, 혹시 간밤의 꿈속에서 병수 앞에 나타났던 그 여인은 아니었을까.

병수의 장례는 간소하게 치러졌다. 서른한 살. 너무나 젊은 가장의 죽음은 모든 사람에게서 말을 앗아갔다. 가족들은 울음소리조차 크게 내어 울 수 없었다. 그 암울한 무게에 눌린 어린 은기마저 기가 죽어 어른들의 눈치를 살필 뿐이었다.

거울 속의 여인

하린이 참으로 오랜만에 거울 앞에 앉아 머리를 빗었다. 가르마를 곧게 타고 머리를 양쪽으로 갈라, 고운 참빗으로 빗고 또 빗어 쪽을 지었다. 그 고운 쪽에 자주색 댕기 대신 흰 댕기를 드리고는, 검은 쇠뿔을 깎아 만든 흑각비녀를 꽂았다.

참았던 슬픔이 가슴으로부터 목을 타고 북받쳐 오른다. 스물일곱 살의 젊은 과부가 남편의 상복을 입고 남편이 다니던 회사를 찾아가는 모습이란 그 얼마나 비참한가?

흰 상복 위에 흰 무명 두루마기를 입고 흰 명주 수건을 목에 둘렀다. 그리고 거울 속의 자신을 찬찬히 바라본다. 파리한 얼굴에 흑각비녀를 꽂고 흰 상복을 입은 스물일곱 살 과부를. 핏기 없는 얼굴에 흰 상복, 흰 버선. 새까만 머리가 유난히 검게 보였다.

이 참담한 모습을 바깥사람들에게 드러내야 한다니. 죽기보다 싫었다. 그러나 어쩔 수 없는 노릇이었다. 반드시 병수의 미망인이 직접 와서 서류에 서명해야 위로금이며 보상금 등이 지급된다는 것이 남편의 회사 측 입장이었다. 시댁 식구들도 처음에는 이 낯선 조치에 아연실색할 수밖에 없었다.

"집안에 어른들도 계시고 남자들이 수두룩하건만. 어쩌자고 새파란 나이에 방금 죄인이 된 과부더러 어딜 오라 마라 하는 겐가? 참 해괴한 나라 풍속이구나!"

가장 마음이 복잡한 것은 시어머니 이씨였다. 갓 과부가 된 며느리로 하여금 남편의 목숨과 바꾼 돈을 받으러 외간 남자들만 있는 곳으로 보내야 하다니. 억장이 무너지는 것 같았다. 그깟 돈이고 뭐고 다 그만두라고 소리치고 싶었다. 하지만 형편은 그렇지 못하였다.

결국 어쩔 도리 없이, 오늘 하린이 집 밖 출입을 하게 된 것이다. 시동생 병구를 앞세우고, 하린은 고개를 숙인 채 계동 골목을 총총히 빠져나와 중앙청 앞으로 해서 내자동을 지나 정동 길로 들어섰다. 계동 골목을 지날 때 가겟집 여인들의 끌끌 혀 차는 소리가 들렸다.

"에이그 딱하기도 하지. 앞으로 기나긴 세월을 저 새댁 혼자 어찌 사누……."

내 꼴이 참으로 구경거리구나! 하지만 결코, 누구에게도 눈물을 보이지 않으리라!

남편 회사의 사무실은 널찍하고 쌀쌀한 바깥 날씨에도 거짓말처럼 훈훈했다. 사장이라는 미국 노인이 현관에서 하린과 병구를 맞아 사무실로 안내했다. 그러고는 정중하게 조문 인사를 했다.

"명복을 빕니다. 고인의 죽음에 나도 큰 슬픔을 느낍니다. 병수를 내 아들처럼 여겼습니다. 그래서 그 사건이 아직도 내게 커다란 충격입니다."

이야기를 마치고 잠시 뜸을 들인 그가 통역을 맡던 직원에게 서류 봉투를 가져오라고 손짓했다. 잠시 침묵을 지키던 사장이 입을 열었다.

"병수의 집안 이야기를 대강 들었습니다. 회사 원칙상, 이런 사고사의 보상금은 1년분 월급을 주도록 되어 있지요. 그러나 그는 회사 차를 타고 가다 사고가 났으며, 운전을 한 사람이 회사 직원이기 때문에 3년분의 월급을 보상금으로 주도록 결정했습니다. 그리고 제 개인적으로, 세 달분의 월급을 위로금에 보탰습니다."

그가 봉투에서 서류를 꺼내 하린 앞으로 내밀었다. 하린은 감히 고맙다는 말조차 할 수 없었다.

"서명을 부탁드립니다. 미망인 앞으로 나오는 금액이라 서명이 꼭 필요합니다. 이해를 부탁드립니다."

그가 짚어주는 자리에 펜을 가져가는 하린의 손이 떨렸다.

金夏麟.

고개를 숙여 그에게 감사를 표했다. 말이 통하지 않는 것이 다행스러웠다. 뭐라 대화를 나눴다면, 외려 그것이 더욱 참기 힘든 노릇일 터였다.

사고 직후, 남편의 사무실에서는 '먼저 장례비에 보태라'며 3만 원을 보내왔었다. 이를 두고 시댁 식구들의 의견이 분분했다.

병수가 아들 없이 죽은 것이 문제였다. 아들이 없으니 화장을 해야 한다는 사람, 아들은 없지만 집안의 종손이니 용인 선산에 묘를 써야 한다는 사람, 용인까지 시신을 운구하려면 돈이 얼마가 드는지 아느냐며 한 푼이라도 아껴야 남은 식구들이 연명을 하지 않겠느냐는 사람까지.

결국 병수를 매장하되, 용인까지 운구하는 대신 망우리 공동묘지에 일단 매장했다가 육탈이 되면 그때 화장을 해서 선산으로 데려간다는 것으로 결론이 내려졌다. 구체적인 장례 절차가 시작되었을 때, 하린은 시어머니를 따로 뵙고 말했다.

"어머님, 제가 돈을 좀 쓰고 싶은 데가 있습니다. 그 사람, 제대로 된 양복 한 번 입어보지 못하고 구두 한 번 깨끗한 것 신어보지 못하고 갔어요. 마지막 가는 길에 관에라도 새 옷과 새 신을 넣어주고 싶어요."

시어머니는 아무 소리 안 하고 몸에 지녔던 돈 봉투를 내밀었다.

"알아서 써라."

하린은 그 길로 시동생을 시켜 검정 양복 한 벌, 흰 와이셔츠, 구두 한 켤레를 사오도록 했다. 그렇게 깨끗한 새 옷과 신발, 새로 산 양말을 병수의 관에 함께 넣었다.

"시어머니나 며느리나 생각 없기는 마찬가지네그려. 생목숨 하고 바꾼 돈을 저렇게 쓸 게 무언가. 끌끌끌."

"죽은 사람은 죽었더라도 산 사람은 살아야 할 것 아닌가?"

"그러게요. 앞으로 살 일이 막막한데……."

"앞으로 회사에서 더 큰돈이 나올 거라고 우리 집 양반이 그러 십디다. 보상금이라고 하던가? 이번 것은 아무것도 아니고, 그게 클 거라고 하던데."

"믿는 데가 다 있었군그래. 어쩐지……."

모두들 못마땅하게 수군거리는 목소리들을, 하린은 애써 못 들 은 척했다.

그렇게 하린이 받아온 보상금은, 병수의 가족들로서는 생전 구 경도 못한 큰돈이었다. 온 가족이 몇 년을 걱정 없이 지내고도 남 을 돈이었다.

무려 30만 원이나 되는 빳빳한 돈뭉치. 이것을 어떻게 해야 할 것인가? 시어머니와 하린, 두 미망인에게 새로운 걱정이 생겼다.

은행이라는 것이 있지만, 그곳에 믿고 돈을 맡겨도 좋을지 판 단이 서지 않았다. 옛날 갑부들처럼 땅을 파고 묻어봐야 금방 소 문이 날 것이고, 집이라야 이 집 식구 저 집 식구가 다 드나드니 어 디 마땅히 감출 만한 곳도 없었다.

다행히 겨울이었다. 시어머니와 며느리 두 사람은 각자 누비 고쟁이에 두툼하고 깊은 주머니를 만들어 달고 돈을 나누어 몸에 지녔다. 그러고도 남은 일부는 쓰지 않는 베갯속을 파고 넣어 벽장 구석에 밀어놓았다. 그래도 마음이 놓이지 않았다. 밖으로 마음대로 나다닐 수가 없었다.

그 무렵 자주 들러 여자들만 사는 집안 형편을 걱정해주던 재동 어른이 은근히 돈 이야기를 꺼냈다.

"내가 그 돈에는 전혀 관여하고 싶지 않으나, 부인네들만 있는 집이니 각별히 조심하셔야 할 줄 압니다. 요즘 세상이 웬만큼 뒤숭숭해야 말이지. 어디 좋은 곳에 돈을 맡겨보는 것이 어떠할까 싶은데요."

해방 전에 은행 두취라는 것도 지낸, 이것저것 아는 것도 많아서 문중의 어른 대접을 받는 사람이었다. 그래서 얼마 후, 병수의 사망 보상금이 재동 어른에게 맡겨졌다.

"광산을 하는 믿을 만한 친구가 있어요. 거기 돈을 맡길 요량입니다. 이자만 받아도 생활은 너끈히 될 터니까."

돈이야 어찌 되었건 하린의 일상은 신산하기만 했다. 남편의 목숨과 바꾼 것이라 생각하면 밥도 넘어가지 않았다. 그러나 남편의 상청에는 정성을 쏟았다. 아침저녁으로 올리는 상식은 흰밥을 지었고, 상식을 올리고 난 흰밥 한 수저를 은기 몫으로 떠놓고는, 따로 보리 삶은 것을 흰밥과 섞어서 식구들이 나누어 먹었다.

재동 어른을 통해 두어 달 순조롭게 전해지던 이자 돈은 해가 바뀌고 나자 달을 거르는 일이 잦아졌다. 반만 보내는 달이 있나 하면, 아예 보내지 않는 달도 있었다.

그러면서 재동 어른에 대한 이상한 소문들이 들리기 시작했다. 봉익동에 집을 사서 젊은 첩을 들였다는 둥. 곧 있을 민의원 선거에 출마할 것이라는 둥. 그래서 집에도 잘 들어오지 않는다는 둥, 어쩐지 그 집에서 부부가 언성을 높여 싸우는 소리가 자주 들린다는 소문도 있었다.

오던 돈이 끊어지며, 하린이 혼수로 해온 옷들이 다시 전당포로 향하기 시작했다. 시댁 형편이 어려우니 옷 얻어 입기 힘들 거라며, 고모님과 친정어머니가 있는 정성을 다해 마련한 혼수였다.

사실 하린은 결혼 후 그 옷들을 거의 입어보지 못했다. 결혼을 하고는 바로 정화당이 돌아가셔서 복을 입었다. 그다음 해엔 친정아버지가 돌아가셔서 거상을 입었으며, 이듬해에는 시할머님이 또 돌아가셨다. 그러더니 이번에는 남편이 죽어 또 상복을 입어야 했다.

결혼하고 4년 동안에 가장 가까운 사람 넷이 그렇게 세상을 떠났으니 색이 고운 옷들은 입어볼 새가 없었다. 대신에 그 옷들은 돈이 궁할 때마다 전당포를 들락거리는 신세가 되었다.

재동 어른에게서 오던 돈이 결국 끊겨버리고 말았다. 돈과 함께 재동 어른의 발길도 끊어졌다. 어떻게 해야 그 피 같은 돈을 찾을 수 있을까. 막막하기만 했다. 그러나 집안 어른인 재동 어른에게 따져 물을 수도 없고, 시어머니 이씨는 울화로 앓아 누워버렸다.

음력설이 지났으나 날씨는 한겨울 못지않게 추운데 장작도 떨어진 지 오래였다. 시어머니는 머리를 싸매고 누워 계시고, 어린 은기 또한 추운 방 안에서 발이 오리발처럼 발갛게 얼 지경이었다.

참고 벼르던 하린이 일어섰다.

"도저히 안 되겠다. 재동 어른, 어디 내가 어떻게 하는지 보시오."

남편의 목숨과 바꾼 돈을 허무하게 날렸다는 원통함에 그녀는 힘든 것도 무서운 것도 없었다. 옷을 든든히 껴입고는 머리에 두툼한 수건을 썼다. 그러고는 톱을 들고 집 뒤의 동산으로 올라갔다.

동산에는 상수리나무와 벚나무가 가득했다. 만만하게 생긴 상수리나무 하나를 골라 밑동에 톱질을 하기 시작했다. 어디서 그런 기운이 나는지, 처음에는 마음대로 되지 않던 톱날이 슥슥 소리를 내며 나무 둥치를 파고들었다. 참나무 하나를 더 베어, 때기 좋은 길이로 토막을 내었다.

머리에 쓴 수건을 벗어 치마의 덤불과 톱밥을 털어내고 이마에 맺힌 땀을 닦아냈다. 그리고 나무토막에 걸터앉아 가쁜 숨을 내쉬었다. 베어낸 나무 둥치들을, 있는 힘을 다해 동산 아래쪽으로 굴려 동산 입구까지는 겨우 나무를 옮길 수 있었다. 그러나 거기서 집까지 가져갈 일이 큰일이었다.

사촌 시동생들이 모이면 집으로 날라야겠구나, 생각하면서 동산을 내려오는데 동네 사람들이 놀라 모여들기 시작했다.

"아이고 어쩌나! 저렇게 약해 보여도 저 댁 아씨 참 다부지네!"

굴러 내리는 나무토막들을 바라보며 동네 사람들이 놀라 혀를 찬다. 그녀는 머리에 쓴 수건을 벗으며 둘러선 동네 사람들에게 인사를 했다.

"어머님이 몸살이 나셨는데 장작이 다 떨어져서 어쩔 수 없이 제가 나섰지요."

"남자도 하기 힘든 일인데, 나무를 베다니 웬일인가?"

"아니, 그 큰돈을 어쩌고 장작이 떨어져? 그 참, 알 수 없는 일이네."

하린은 이 소문이 제발 동네에 퍼지기를, 제발 재동 어른 귀에까지 들어가기를 바랐다.

바로 그날 저녁, 머리끝까지 화가 난 재동 어른이 들이닥쳤다. 그는 하린에게는 눈길도 주지 않은 채 시어머니 이씨를 앉혀놓고 언성을 높였다.

"아주머님, 어째 집안 망신을 이렇게 시키십니까? 은기 어미가 산에 가 나무를 베었다고 하던데 사실입니까? 여인네가 벌목을 하다니 참으로 해괴한 일입니다. 이게 어디서 하던 버릇이랍니까?"

이씨 역시나 분한 마음을 가라앉히기 힘들었다. 적반하장도 유분수라니 바로 이런 꼴이로구나. 지금 누구 때문에 이 사단이 났는데 어디 와서 큰소리란 말인가. 하지만 점잖은 체면에 내색도 못할 노릇이었다.

"……네, 땔감은 떨어지고 집은 냉골인데 내가 앓고 있으니 며늘아이가 그리했나 봅니다. 산 사람은 살아야지요."

"생활비를 제때 드리지 못한 것은 제 불찰입니다. 사정이 그리됐어요. 일본 사람들이 채굴하다가 버리고 간 광산에 투자를 하면 이익이 많다고 그 친구가 그래서, 돈을 은행에 두고 곶감 빼먹듯 하는 것보다야 훨씬 낫겠다고 생각해서 돈을 거기 넣었는데, 아직 돈이 돌아 나오지 않아 그리된 것이에요."

핑계 대듯 몇 번씩 들어서 아는 내용이었다.

"광산이라는 것이 금이 금방 그렇게 나오는 게 아니니 조금만 기다리세요. 그 돈의 몇 배가 되게 불려드릴 테니."

"글쎄요, 그렇다면 여북 좋겠습니까."

"그 돈이 그냥 두면 몇 해 안 가 바닥이 날 거 아닙니까. 기회가 좋아서 도와드리려고 한 것인데 그걸 기다리지 못하고……."

분을 참지 못한 재동 어른은 자리를 박차고 일어나 가버렸다. 문밖에서 두 사람의 대화를 엿들은 하린은 어처구니가 없었다.

'생활비를 주신다고? 그건 당연히 주셔야 할 이자 돈이지 거저 주는 생활비가 아닙니다. 말씀은 바로 하셔야지…….'

화병이 도진 시어머니 이씨는 머리를 싸매고 누워버렸다.

"아이고 이를 어쩔꼬. 내가 등신이었구나. 돈이라면 회를 치는 사람한테 돈을 맡겼으니. 이제 그 돈은 없는 돈이다. 아이고 이 일을 어쩌나."

그로부터 며칠 후, 하린네는 뜻밖의 낯선 방문객을 맞게 되었다. 종로경찰서에서 나온 순경이었다.

순경이 올 일이라고는 없는데. 또래들과 어울려 돌아다니는 막내아들에게 혹시 무슨 일이나 생겼나? 그런 걱정에 시어머니 이씨는 마른침을 삼켰다. 찾아온 순경이 모자를 벗고 공손히 말했다.

"이 댁이 충신 민 대감 댁인 것을 잘 압니다. 그러나 댁에서 뒷산의 나무를 허락 없이 베신 것이 보고되었으니 어쩔 도리가 없네요. 누가 나무를 베었는지, 당사자는 저를 따라 잠시 서로 가셔야겠습니다."

"서로 가자니, 무슨 말이오? 추워서 집 뒷산의 나무를 좀 베어땐 것이 무슨 죄란 말이오?"

"그것이 죄입니다. 거기는 사유지가 아니고 시유지인데 시유지 나무를 훼손했으니 말이지요. 일단 서로 가셔서 조사를 받으셔야 합니다."

"아이고 참! 기막힌 얘기를 다 듣겠네. 아니, 주인 없는 나무를 좀 베었기로서니!"

시어머니가 막무가내로 버티고, 듣다 못한 하린이 아이를 업고 방에서 나왔다.

"날은 차갑고, 어머님은 병환 중이신데 땔감도 없고. 법도 모르고 제가 나무를 베었어요. 오늘은 너무 늦었으니 내일 서로 가면 안 될까요? 아이도 있고……."

다음 날 하린이 다시 흰 상복을 입고 종로경찰서로 찾아갔다. 공손히 잘못을 빌고, 다시는 그런 일 없기로 맹세하고, 시말서까지 쓰고서야 유야무야 놓여날 수 있었다.

이 소문이 온 동네를 시끄럽게 하였다.

"세상이 바뀌었지만 그래도 충신 댁이라고 봐주는 모양이야……. 벌금이 많았다던데 그건 안 내게 되었다니……."

"새파랗게 젊은 과부댁이 상복까지 입었으니, 보는 사람들도 가슴이 저렸겠지."

"과부라서 벌금을 안 받았겠어요? 그 집안 돌아가는 꼴이 하도 안 되었으니 그랬겠지."

"웬걸, 재동 나리가 서로 갔답디다."

"그 양반이 왜?"

"그래요, 그 댁 며느님이 경찰서에 무슨 말이라도 할까 봐."

"속셈이 있었구먼."

"그 돈만 그 양반이 안 가져갔으면 왜 젊은 댁이 산에 가서 나무를 뱄겠어!"

서에서 하린을 데리고 나오며 재동 어른이 말했다.

"내가 당장 돈을 찾아다줄 것이니 더는 지각없는 행동을 하지 마라. 여인네가 벌목이라니……. 내 너를 그리 보지 않았는데, 분

110

별이 없는 거냐 아니면 나를 망신 주려고 그리 작정을 한 것이냐?"

이튿날 재동 어른이 가져간 돈 일부를 가져왔다.

가져간 액수의 반도 안 되는 금액이었다. 투자한 광산에서 금이 나오는 대로 나머지는 준다고 했다.

하린과 시어머니 이씨가 궁리 끝에 그 돈을 알차게 쓸 방법을 생각해냈다. 재봉틀을 사서 삯바느질을 해보기로 한 것이다.

"이제 은기도 네 살이나 되었잖아요. 제법 말도 알아듣고 혼자 밥도 먹고, 크게 어른의 손을 타지 않는 아이니까요."

"그래. 나나 너나 할 줄 아는 것이라고는 그저 바느질밖에 더 있겠느냐."

두 고부가 아이를 데리고 이리저리 다니며 제일 좋다는 인장표 싱가 재봉틀을 마련했다. 이어 집 대문 설주에 작은 간판을 만들어 붙였다. 평소 알던 목수에게 부탁하여 문패만 한 나무를 얻고는 하린이 붓으로 직접 글씨를 쓴 것이었다.

내재봉소.

부끄럽기도 하고 또한 설레는 마음으로 드디어 간판을 내걸었다.

첫 손님은 죽동에 사시는 병수의 작은 고모님이었다. 대원군 집안으로 시집을 간 고모님은 집에 침모가 따로 있었지만, 올케와 조카며느리를 위해 일부러 일감을 가져와주었다.

"자네가 신통하네. 이런 궁리를 했으니."

"대소가를 부끄럽게 하니 참 면목이 없습니다."

"무슨 소리를. 지금 세상은 많이 변했으니 여인네도 가장이 될 수 있다네. 어디 보세, 자네가 남자 바지저고리며 조끼, 마고자, 두루마기 일습을 잘 해낼 수 있을지."

놓고 간 옷감과 견본을 가지고, 두 고부가 정성을 다해 죽동 어른의 옷을 만들어 보냈다.

그러면서 하린네 '내재봉소'는 남자 옷을 잘한다는 소문이 돌기 시작했다. 이후 동네 혼수며 예단으로 보낼 바느질감이 심심치 않게 들어왔다. 양반댁 마님과 아씨 솜씨니 오죽 좋겠는가 싶은 기대감도 한몫 해서, 놀지 않고 할 만큼 일이 들어왔다.

"어머니, 저고리 도련이 제대로 됐는지 좀 봐주세요."

"좀 밋밋하구나. 새색시 옷이니 앞섶을 좀 더 굴려라."

"늙은이 옷이니 깃을 좀 편하게 내려 달렴. 진동을 넉넉하게 마름질을 하는 것이 낫겠다."

"인두가 너무 뜨거우면 행여 옷감 버릴라. 인두는 꼭 입에 가까이 가져다 대보고 써야 한다."

두 고부는 때로는 밤이 새는 줄도 모르고 일을 했다. 육이오 전쟁 전까지 은기네를 먹여 살린 것은, 바로 인장표 재봉틀과 두 여인의 바느질 솜씨였다.

제
2
부

육이오 전란

무덥고 길던 여름이 지나가고 추석이 가까워오고 있었다. 포탄이 쏟아지고 총알이 비처럼 퍼부어도 무심한 계절은 어김없이 찾아왔다. 여름 내내 하늘을 가르는 B-29 소리보다 무서웠던 빈대와 벼룩의 극성도 찬바람이 불며 조금 수그러들었다.

잘 씻지도 못하는 사람의 땀 냄새를 맡은 벌레들이 어둠 속에서 사정없이 달려들면, 하린은 꼬박 앉은 채로 밤새 부채질을 해 잠든 은기로부터 벌레를 쫓았다. 벌레에만 시달리는 게 아니었다. 시도 때도 없이 울리는 날카로운 공습경보 소리도 사람의 신경을 날카롭게 했다.

식량을 구하는 것은 더욱 큰 문제였다. 싸전이고 야채가게고 모두 문을 닫은 판이었다. 사람들은 돈이 될 만한 물건을 들고는 서울에서 하루 거리인 양주로 가평으로 곡식을 구하러 다녔다. 전쟁이 나자마자 사서 감춰두었던 양식이 바닥을 보이기 시작한 하린네도 초조하기는 마찬가지였다. 전쟁은 한 치 앞을 내다볼 수 없었다.

정부는 전쟁이 터지고 나자 사흘도 안 돼 한강 다리를 폭파하고 부산으로 도망을 가버렸다. 미처 서울을 빠져 나가지 못한 집에서는 남자들을 어디로든 피신시켜놓고 노인과 여자들이 아이들을 지키며 허기와 공포를 견뎠다. 가끔 라디오가 있는 집에 가서 듣는 방송에서는 '연합군이 잘 싸우고 있으니 올해 안에 전쟁은 끝난다'는 소리만 반복되었다. 그걸 믿는 사람은 아무도 없었다.

전쟁이 터지고 나니 바느질감이 뚝 끊겼다. 그동안 조금씩 모아두었던 돈도 바닥이 나고 있었다. 하긴 집안에 힘쓸 사람이 없으니 돈이 있다 한들 양식을 어디 가서 구해 온단 말인가?

어제는 하린네와 담 하나를 사이에 두고 있는 김성수 부통령 댁에 흉흉한 일이 있었다. 어디서 왔는지 알 수 없는 사람들이 떼를 지어 담을 넘어 들어가 주인이 피란 가고 없는 빈집의 곳간에서 양식 자루를 모두 끌어내 달아났다고 한다.

수표동 식구들이 죽었는지 살았는지 하린은 통 소식조차 듣지 못했다. 지난해 친정어머니가 돌아가시고, 하린의 두 동생들은 배다른 오빠가 데리고 갔다. 은행에 다니던 오빠는 전쟁이 나자마자 식구 모두를 데리고 부산으로 피란 갔다 했으니 동생들은 안전할 터였다. 문제라면 피란 못 간 수표동 올케와 강시가 걱정이었다.

마음 같아서는 하루에 열두 번도 더 가보고 싶었다. 하지만 거리에 나섰다가 인민군이라도 만날까 싶어 마음만 초조할 뿐이었다. 웬만하면 할아범이라도 보내 이쪽 안부를 물을 강시였다. 그런데 벌써 한 달이 넘게 연락이 없는 것이 영 불안했다.

'오늘은 어떻게 하던지 수표동을 꼭 가봐야겠어.'

벼르던 참에 마침 강시가 할아범을 데리고 계동으로 찾아왔다. 반가운 마음에 미처 신발도 신지 못하고 마당으로 뛰어 내려가 강시의 손을 잡은 하린은 강시의 얼굴을 보자 무릎에 힘이 풀려 그만 주저앉을 것만 같았다.

그 건장하던 강시가 아주 다른 사람이 되어 있었다. 눈은 퀭하니 십 리나 들어갔고 어깨죽지가 몰라보게 앙상했다.

"장질부사를 앓고 겨우 몸을 추스를 만하니 다시 학질에 걸렸지 뭐예요. 한 달을 넘게 앓고 나니 그만 이 꼴이 되었어요."

하린은 그저 눈물만 나왔다. 시어머니 이씨가 아껴두었던 미숫가루를 냉수에 타 가지고 와 강시에게 내밀었다.

"뒤란에 우물이 먹기 좋게 차구려. 걸어오느라고 땀을 많이 흘렸을 터인데 어서 목이나 축여요."

"마님, 이 귀한 것을…….."

미숫가루 대접을 받아든 강시가 그릇을 휘휘 둘러 한 모금 달게

마셨다. 그러고는 저만큼 댓돌 끝에 앉아 있던 할아범을 부른다.

"이보오, 와서 이것 좀 마셔요. 귀한 것이니."

그제야 무안해진 이씨가 끌끌 혀를 찼다.

"아이고, 저이도 한 그릇 타줄 것을…… 난리 통에 사람 인심이 이렇게 됐구려."

넘겨받은 대접을 들어 벌컥벌컥 다 마신 할아범이 팔뚝으로 입을 닦으며 허리를 굽혔다.

"아닙니다요 마님, 흔감합니다."

숨을 돌린 강시가 이씨와 하린을 번갈아 보았다.

"마님 댁은 어쩌실 생각이신지요? 이 난리가 언제 끝날지 모르는 판인데."

"글쎄, 아직 여기는 인민군 구경을 못 했으니 그나마 다행인데……."

"다행이고말고요. 저것들도 충신의 댁이라고 함부로 들어오지 못하는 모양입니다. 수표동만 해도 집집마다 숨어 있는 사람을 내놓으라고 다락이고 안방이고 마구 뒤지고 다니는데요."

"다 조상님 음덕으로 아직까지 험한 꼴은 안 봤다오."

잠시 뜸을 들인 강시가 하린을 보며 말을 이었다.

"우리는 대전 둘째 올케 친정댁으로 피란을 가기로 했어요."

"대전으로?"

"여기 있다가는 그 큰 집이 언제 폭격을 맞을지도 모르고, 그보다도 앉아서 굶어 죽기가 십상이라고 올케가 가자고 해서요. 그 친정댁에서도 서울 있는 조카 내려올 때 따라 내려오라고 해서 나랑 할아범까지 모두 가기로 했어요."

"언제 떠나요?"

"내일 새벽에 출발하기로 했소. 그래 내가, 혹시 몰라서 대전 사돈댁 주소를 가져왔어요. 흑석리라는 곳인데, 대전에서도 한참 을 들어가는 촌이라 전쟁은 구경도 못 했다고 합디다. 혹시라도 대전을 지나가거나 대전 근처로 피란을 하게 되면 이리로 연락을 꼭 하라고 올케도 그랬소. 이 주소를 잘 지니고 있어요. 죽지 않으 면 다시 만날 것이오."

말을 마친 강시는 할아범을 데리고 황망히 떠났다.

살아서는 강시나 할아범이나 다시 못 볼지도 모른다는 생각에 하린은 가슴이 메어 아무 말도 못 하고 두 사람을 떠나보냈다. 강 시 또한 망연히 서서 떠나는 자신을 바라보는 하린의 모습이 눈 에 밟혀 발걸음이 떨어지지 않았다.

'죽지 않으면 만나겠지. 사람의 목숨이란 질기니까.'

하린은 심란했다. 곁에 살던 두 시삼촌댁들도 모두 피란을 갔 다. 돈암동 살던 큰 시누이도 시댁이 있다는 전주로 피난을 갔고 의지할 만한 사람들은 모두 떠났는데 하린네만 아직 피란 이야기 가 없다. 소식을 모르는 셋째 아들 때문인지, 시어머니 이씨는 누 구네가 피란을 간다는 이야기만 나오면 입을 다물곤 했다.

그렇게 가을이 지나고 겨울이 왔다. 동네 사람들은 중공군이 쳐내려온다고 수군댔다.

"큰일이야. 병자년 호란을 생각해보라고."

"중공군이 해만 떨어지면 꽹과리를 쳐대면서 개미 떼처럼 몰려 내려오는데, 아휴, 아무리 총을 쏴도 쏴도 끝이 없다더라고."

이씨는 막내아들 병익을 애타게 기다리는 것이었다.

"제 걱정은 마세요, 어머니. 길에서 잡혀 국민병으로 끌려가는 일은 없을 겁니다. 차라리 자진해서 입대를 하면 모를까."

그렇게 말한 병익이었다. 따라서 입대를 하게 되었다면 그전에 한 번쯤 집에 들를 것이라는 게 이씨의 생각이었다.

"그 아이가 죽었는지 살았는지 알기나 해야 피란을 가지, 식구가 다 가버린 빈집에 오게 할 수는 없지 않으냐."

"이제까지 소식이 없는 것으로 봐서는 벌써 군대에 들어간 게 분명해요. 어머니, 오빠도 우리가 피란을 간 걸로 알고 연락이 없는 거예요."

병주가 아무리 설득해도 꿈쩍을 하지 않던 이씨도 중공군이 밀고 내려온다는 말에는 흔들리지 않을 수 없었다. 시집도 안 간 딸과 아직 젊은 며느리를 생각하면 더럭 겁이 난다.

"폭격을 퍼붓는 아수라장 같은 피란길에 저 젊은 것 둘만 보낼 수도 없고. 그렇다고 언제 어미를 찾아올지 모를 아들을 두고 집을 떠날 수도 없고……."

망설이고 망설이던 하린네도 결국은 피란을 가기로 했다.

그러나 어디로 간단 말인가? 이씨는 친정이 있는 경기도 덕소로 가자고 했다. 거기로 가면 최소한 굶지는 않을 것이었다. 그러나 덕소는 중공군이 내려올 길목이다. 게다가 어디를 가든 사람 많은 도시로 가야 할 터였다. 그래야 삯바느질을 하든 장사를 하든 먹고살 수가 있을 것이었다.

"최소한 대전이나 부산처럼 큰 도시로 가야 해요, 어머니."

"예, 어머니. 대전이 올케의 친정이니, 사돈댁이지만 그래도 전혀 연고가 없는 곳보다야 낫겠지요."

그리하여 결정된 곳이 대전이다. 영등포까지만 가면 방법이 있을 것이라는 소문이었다. 피란 열차가 남쪽으로 사람을 실어 나르니, 운이 좋으면 기차를 탈 수 있다는 것이었다.

더 추워지기 전에 떠나기로 마음을 굳혔다. 세 여인이 각기 분주히 움직였다. 가져가지 못할 옷가지나 기물들은 사당방에 넣고 큰 자물쇠로 잠갔다.

"부엌 뒷마당에 묻은 김장 김치는 아직 손도 대지 않았는데, 얼면 어쩌나……."

이씨가 소식 끊긴 막내아들을 걱정하듯 얻어온 쌀가마니를 김치 독 위에 덮고 또 덮었다. 설마 내년 봄 안으로야 전쟁이 끝나지 않겠느냐 하는 희망 때문이었다. 쌀로는 떡을 찌고 남은 곡식은 모두 볶았다. 대전까지 얼마나 걸릴지 알 수 없었고, 허기에 지치지 않으려면 볶은 곡식이 제일이었다. 새벽에 떠나야 길에서 자지 않고 한강 다리를 건너 영등포까지 갈 수 있을 터였다.

세 여인이 그날 저녁을 일찍 해 먹고 피란 짐을 꾸렸다. 혹시 길에서 밤을 지내도 얼어 죽지 않도록 누비옷을 있는 대로 껴입었다. 그녀들의 생명줄이 될 재봉틀은 이불로 싸서 병주가 등에 지고 가기로 했다.

"다른 것은 다 버리고 가도 충의공 할아버님의 관복과 혈죽은 가져가야 한다."

이씨가 버드나무 고리짝에 충의공의 유품을 소중하게 싸고 또 싸서 넣었다. 그것만으로도 이씨는 더 이상 아무것도 가져갈 수가 없었다.

하린은 결혼하고부터 상복을 입기 시작해서 몇 년을 줄곧 입느라 채 매듭도 풀어보지 못한 혼수 중에서 값이 나갈 물건들을 골라서 썼다. 참 좋아하는, 한 번도 입어보지 못한 대추색 양단 두루마기며 쪽빛 호박단 두루마기도 넣었다. 다홍치마 연두색 저고리에는 남색 두루마기를 입고 남치마 노란 저고리에는 대추색을 입으라고 하시던 어머니……. 그 어머니께 죄송하고 미안해서 가슴이 뭉클했다.

"내가 박복하게 태어나 여러 어른들 눈에 눈물이 나게 했구나."

입어보지도 못하던 혼수를 피란 짐에 넣는 하린의 손이 마음대로 움직여주지 않았다.

병주는 병주대로 부지런히 짐을 쌌다. 어머니 눈을 피해 좋아하는 소설책 몇 권을 잽싸게 짐 속에 찔러 넣기를 잊지 않았다.

세 식구가 부지런히 짐을 싸서 한 곳에 모아 놓았다. 어느덧 은기도 잠이 들자, 시어머니 이씨가 하린과 병주 두 사람을 당신 앞에 불러 앉혔다. 여름이나 겨울이나 늘 이씨가 깔고 지내던 보료가 얌전히 개켜져 벽 한쪽에 치워져 있었다. 시할머님 박씨 적부터 늘 그 자리에 있던 보료였다. 정색을 하고 두 사람을 바라보던 이씨가 마른침을 삼켰다.

"병주가 여기 장판지 겹쳐진 곳을 조심해서 뜯어라."

"왜 장판을 뜯어요?"

"내 너희들한테 보여줄 게 있다."

어머니의 엄숙한 얼굴을 본 병주가 더 이상 묻지 못하고 하라는 대로 가위 끝으로 조심스레 장판을 자르기 시작했다.

"그만하면 됐다."

이씨가 장판지 밑의 초배지를 찢었다. 그러자 누렇게 색이 변한 봉투 하나가 보였다. 이씨가 그 봉투를 꺼내 떨리는 손으로 하린에게 건넸다. 시어머니의 긴장이 하린에게도 고스란히 전해지고 있었다.

봉투 안에는 얌전히 접힌 얇은 미농지 서류가 나왔다. 펼쳐본즉 토지문서였다. 놀란 하린이 서류를 돌려주려 하자 이씨가 손을 내저었다.

"눈 밝은 네가 보아라."

"어머니……."

"돌아가신 할머님께서 남겨놓으신 것이다. 네 시아버지가 하도 재산을 없애니, 할머니께서 아무도 모르게 나를 시켜서 그것을 여기다 감추고 그 위에 장판을 다시 하셨다."

"……."

"이 땅은 조상 대대로 내려온 땅이다. 하지만 그냥 두었더라면 벌써 남의 손에 넘어갔겠지. 다행히 할머님이 아무도 모르게 감추신 덕에 이렇게 남아 있는 것이다. 아들 먼저 저세상으로 보내시고 그 고생을 참으시면서 이 땅을 지키신 것은, 다 너희들 후손을 위해서다."

시어머니 이씨의 얼굴 위에 비장하기 그지없는 그늘이 어른거렸다.

"죽을 지경 아니면 이 땅을 건드리지 말라고 하셨으니, 우리가 잘 보관하도록 하자. 둘째가 미국서 돌아오고, 셋째가 장성하고, 또 은기가 크면 내가 알아서 처리하마. 그렇게들 알고 이 문서를 잘 간수해야 한다."

토지는 주로 경기도 일원과 강원도 철원 근처의 것이었다. 종이 한 장에 일고여덟 필지씩 적어서 등기를 해놓았다. 찬찬히 계산해보니 모두 10만 평은 되는 것 같았다. 토지는 모두 죽은 남편 병수의 이름으로 되어 있었다.

"아드님이 하도 땅을 팔아 재산을 축내니, 할머님께서 네 시아버지 이름으로 있던 이 땅들을 모두 네 남편 이름으로 돌려놓으셨지. 네 시아버지는 그것도 몰랐어. 놀기 바빠서. 손에 잡히는 것, 눈에 띄는 것만 팔 줄 알았지 자기 가진 게 얼마나 되는지 찾아볼 사람도 못 되었으니까."

땅문서를 눈을 뜨고 보면서도 믿어지지 않는 이야기였다.

"그래도 할머니께서 믿을 만한 사람을 시켜 명의를 바꾸어놓으셨고, 여태 비밀에 부치셨으니 이것이 오늘까지 남았구나. 그냥 두었더라면 네 시아버지 피를 빨아먹던 놈들이 있는 것 없는 것 다 뒤지고 찾아내서 고해바치고, 그랬더라면 네 시아버지가 벌써 다 팔아서 없앴을 것이야. 다 할머님이 처리를 잘 하신 덕분 아니겠니?"

하린도 그렇지만 병주 역시 놀라움에 입이 떨어지지 않았다. 어쩌면…… 쌀독이 텅 비고 땔감이 없어 냉방에서 떨고 지낼 만큼 어려운 살림에 이걸 가지고 계시면서, 어쩌면 건드릴 생각을 안 했단 말인가?

"내가 병구를 미국으로 보내면서 한 푼도 보태주지 못했던 것은, 네 남편 병수가 월사금을 내지 못해서 고보를 졸업 못 하게 생겼음에도 이 땅을 내놓지 못하신 할머님을 생각해서였다. 그때 이 땅이 있는 줄 알았더라면 손 벌리는 사람들이 한둘이 아니었을 테지. 할머님께서는 때가 아직 오지 않았다고 생각하신 거다.

나 역시 굶어 죽지 않는 한 이것을 지킬 생각이었다."

그저 무던한 줄로만 알았던 시어머니 이씨의 어디에 저런 단호함이 숨어 있었는지, 하린은 그저 어리둥절할 뿐이었다. 종부의 자리란 것이 어머님을 저토록 대범하게 만들었는가.

시할머님 박씨도 종부로 사셨지만 그 윗대, 그러니까 하린의 시증조할머니 되시는 대방마님 서씨는 충의공 할아버님의 어머님 되시는 분으로 그 또한 대단한 어른이었다고 했다. 집안의 호랑마님으로 통하던 그분은 당신의 아드님이 어린 오 남매를 남겨놓고 나이 마흔에 자결하셨을 때에도 눈물을 보이지 않았다지 않은가.

"과연 내 아들이구나. 나라가 위태로운 때에 나라의 녹을 먹은 자가 살기를 원하면 구차한 것이다."

하린은 자신도 모르게 허리를 곧추세웠다.

'나는 이 댁의 종부다. 나도 시할머님, 저 시어머님의 뒤를 이어 부끄럽지 않은 종부로 살아야 한다.'

땅문서는 둘로 나누어 하나는 하린이, 다른 하나는 이씨가 지니고 가기로 했다.

엄청난 땅문서를 누비 고쟁이 주머니에 넣고 단단히 꿰매어 입고서 시어머니와 며느리가 일찍 자리에 들었다. 계동 집에서의 마지막 밤이 될지도 모르는 일 아닌가. 이씨는 잠을 이룰 수 없었다. 지나간 세월이 주마등처럼 명료하게 떠올랐다.

시집오고 얼마 후 전동에서 이리로 이사를 왔다. 바로 이 집에서 오 남매를 낳고 길렀다. 화려하고 좋았던 시절도 있었고 남편의 외도와 집안의 몰락을 함께 겪었던 영욕의 세월도 있었다. 폭격으로 이 집을 잃게 된다면 지나간 세월의 모든 자취가 사라질 터였다. 죽더라도 여기서 죽고 싶었다.

이씨에게 이 집은 그냥 집이 아니었다. 오십 평생 지나온 길을 고스란히 다 지켜본 증인이나 다름없는 집이었다.

"얼마나 더 살겠다고 이 집을 버리고 떠나는 건가……."

그날 밤은 아무도 쉽게 잠을 이루지 못했다. 이씨는 이씨대로, 하린과 병주는 또 그들대로, 까맣게 몰랐던 그 땅의 존재가 주는 놀라움과 희망, 그리고 곧 맞이하게 될 미지의 시간들에 대한 막연한 불안감에 도통 잠을 이룰 수 없었다.

피
란
가
는
길

어둠이 채 가시기도 전에 계동 집을 나선 세 여인. 자신들의 몸 무게만큼이나 무거운 짐을 머리에 이고 등에 진 데다 은기를 업었다 걸렸다 하며 서울을 빠져나가는 길은 시작부터 고행이었다.

날이 어두워서야 겨우 영등포에 도착했다. 식구들을 잃어버리지 않고 영등포까지 무사히 온 것만도 큰 다행이었다. 한강 다리가 폭파된 후 미처 피란을 못 가고 서울에 남아 있던 사람들이, 중공군이 내려온다는 소식에 한꺼번에 피란길에 나서면서 미군이 한강에 설치한 부교는 사람들로 하얗게 뒤덮여 있었다.

구름 낀 하늘에서는 눈이 펄펄 내리고, 살얼음 낀 강에 아슬아슬 걸쳐진 부교는 사람들의 무게로 출렁였다. 그래도 대열은 앞으로 움직였다. 하린네도 서로 떨어지지 않으려고 애를 쓰며 무사히 강을 건넜다.

영등포에서 며칠 묵더라도 기차를 기다려보기로 하고 역에서 가까운 여관을 찾아 헤맸다. 영등포는 갑자기 밀려든 피란민들로 북새통이었고 역 근처 여관방들은 동이 난 지 오래였다. 역에서 좀 떨어진 곳에 웃돈을 얹어주고 방 하나를 겨우 구했다.

전쟁이 났다고는 하지만 큰 피해 없이 계동 집에 조용히 숨어 살던 하린네였다. 이제야 전쟁을 실감할 수 있었다.

모든 것이 돈이었다. 아침에 일어나 세수하는 것부터 화장실에 가 볼일을 보는 것, 아침밥을 얻어먹는 것까지 모든 것이 전쟁이었다.

영문 모르고 낯선 여관방에 갇힌 은기는 길 쪽으로 난 작은 유리창 밖으로 낯선 동네 풍경을 내다보며 하루를 보냈다. 눈송이는 창유리에 사뿐 내려앉아서 꽃같이 예쁜 육각형 모양을 한동안씩 보여주다가 사르르 물방울로 사라져갔다. 그 모습이 신기하여, 뿌옇게 입김 서리는 유리창을 연신 소매 끝으로 닦아가며 창밖을 내다보곤 했다.

올해로 여섯 살. 하린은 아이를 유치원에 보내고 싶었다. 하지만 그럴 형편이 아니었다. 그래도 고모 병주가 늘 데리고 놀며 노래도 가르치고 글도 가르치고 숫자도 가르쳐서 웬만한 국민학교(초등학교) 1, 2학년 아이들보다도 나았다.

무심히 밖을 내다보던 은기의 눈에 갑자기 한 아이가 앞집에서 나오는 것이 보였다. 그런데 그 아이가 자신의 빨간 두루마기를 입고 있는 것이 아닌가!

"할머니! 저거 내 두루마기인데……."

엄마와 고모는 기차 편을 알아본다고 역으로 나갔고 할머니와 둘뿐인데 곤하게 잠이 든 할머니는 아무 대답이 없다.

은기는 살그머니 여관방에서 나왔다. 그러고는 골목에서 눈을 맞으며 혼자 놀고 있는 그 아이에게로 다가갔다.

"애."

"……."

"너 그거 내 두루마기야. 그치? 그런데 왜 남의 것을 입고 나왔니?"

"……."

갑작스런 은기의 말에 아이는 대꾸를 못 한다. 울먹울먹하더니 그만 '엄마~' 하고 울음을 터트리며 자기 집으로 뛰어 들어갔다.

두루마기는 어제 앞집 아이의 엄마가 빌려간 것이었다. 은기의 붉은 법단 두루마기가 예쁘다며, 자기 딸도 만들어 입히고 싶다면서 본보기로 가져간 것이다.

그날 저녁, 아이의 엄마가 은기의 두루마기를 돌려주러 와서는 은기를 가리키며 혀를 내둘렀다.

"아이고, 저 애가 서울 아이라 그런지 아주 영악합디다."

"왜, 무슨 일이오?"

"아침에 우리 딸이 잠깐 이걸 입고 나갔나 봐요. 그랬더니 요 작은 것이 쫓아 나와서 다그친 모양이에요. 왜 남의 것을 입고 다니느냐고. 우리 애가 울면서 들어왔더라고요."

할머니 이씨가 웃으며 은기를 나무랐다.

"은기야, 잠깐 입고 나온 걸 그러면 쓰나? 그럴 수도 있지."

"할머니, 그렇지만 그 애가 입는다고 빌려간 건 아니잖아요."

어린것이 야무지다고 내심 웃을 수밖에 없었다.

'이다음에 제 몫은 하겠구나. 그래, 사내 부럽지 않은 여인네가 되어라.'

다음 날, 역으로 나갔던 하린과 병주가 들뜬 얼굴로 돌아왔다.

"내일 남쪽으로 가는 피란열차가 움직인대요. 어디까지 갈지는 모르지만 하여튼 내일은 기차를 꼭 타야 해요."

"예, 어머니. 오늘 밤은 역에서 자면서 기다려보기로 해요. 다행히 눈도 그치고 추위도 그만해졌으니까요."

그 길로 세 여인은 다시 짐을 꾸려 길을 나섰다. 영등포역은 벌써 기차를 타려는 사람들로 북새통이었다. 기차는 언제 떠날지도 모르는데 기차 위에는 벌써 사람들이 한가득이다. 객차에 타기 어려울 것을 염려한 사람들이 벌써부터 열차 위에 자리를 잡은 것이었다.

하린네 네 식구는 미리 자리를 잡았던 사람에게 돈을 주고 객차 안에 자리를 잡았다. 운이 좋았다. 가져온 짐을 깔고 앉아, 어서 기차가 떠나기만 기다렸다. 여관에서 사흘을 지낸 그들이었다. 점심까지 물 한 모금을 마시지 못하고 가져온 볶은 콩으로 허기를 달랬다.

새벽에 움직이기 시작한 기차는 정오 가까이 되어서야 오산 근처에서 멈췄다. 식구들이 돌아가며 차에서 내려 소변도 보고 먹을 것을 사오고 하며 바삐 움직였다. 그러나 언제 기차가 떠날지 몰라 멀리 가지도 못했다. 식어버린 김밥으로 요기를 하며, 그래도 대전으로 가게 된 것이 그나마 다행이라고 위안을 삼았다. 부산은 너무 피란민이 많아 셋방도 얻기 힘들다는 소문이었다.

기차는 대전에서 더 못 갈 것이라고들 했다. 가디 서다를 반복하던 기차가 대전역에 하린네를 내려놓았다. 벌써 땅거미가 질 무렵이었다.

일단 가까운 시장을 찾아가 요기를 하고 나서 잠잘 곳을 알아보기로 하고 지게꾼에게 짐을 지워 근방에 있다는 시장으로 향했다.

그들은 지게꾼이 안내하는 대로 시장 속 어느 국밥집으로 갔다. 하루 종일 거의 굶다시피 하며 기차를 타고 왔지만 세 여인은 밥 생각도 없었다. 생전 처음 와보는 낯선 지역에의 두려움과 실망감이 그만큼 컸다.

이씨가 국밥 세 그릇을 시켰다. 주인 아낙이 뚝배기에 넘치게 국물을 내고 밥도 주발에 고봉으로 담아 내왔다. 쟁반에서 국밥과 벌건 깍두기를 내려놓으며 푸근한 말솜씨로 인사를 건넨다.

"어디서 오시는 손님덜인지는 몰러두 타지에서 오신 거 맞쥬? 추운데 따끈히 드세유. 내가 고기도 듬뿍 넣시유."

국밥집 주인의 후한 인심에 이씨의 심란하던 마음도 좀 누그러졌다. 이씨가 주인 아낙에게 물었다.

"여보, 이 시장에서 과히 멀지 않고 그리 번잡하지 않은 동네에 방을 하나 얻었으면 좋겠는데, 어디로 가면 좋겠소? 피란민이 많이 몰리지 않는 곳이면 좋겠는데……."

"지가 석교리라는 디서 사는데유, 예서 지 걸음으루 한 반 시간 걸어유. 게가 아직 타지 사람의 손을 안 타서 그냥저냥 괜찮아유. 지가 알아볼 수는 있슈. 더러 세놓고 싶어 하는 사람이 있지유."

"밥 잘 먹고 살 집까지 알아봐준다니 더 없이 고맙소. 좀 부탁합시다."

"우리가 곧 장사 걷을 테니 좀 기다렸다 저하고 같이 가시지유. 우리 집에도 불을 안 넣어서 그렇지만 오늘 하루 주무실 방은 있으니께유."

다음 날 석교리에 얻은 집은 국밥집 여인의 여동생네 집이었다. 당부한 것처럼 시장과도 그리 멀지 않았고 아직 피란민이 안 들어와 동네도 조용한 편이었다. 집은 크지 않지만 마당이 제법 넓었고 주인이 내준 방 역시 그럭저럭 쓸 만했다.

방을 얻어 짐을 풀고 나자 병주가 서둘렀다.

"시장을 한번 둘러봐요, 언니. 떡을 만들어 팔 건지 가져온 재봉틀로 옷을 만들어 팔 건지 보자고요."

시장은 엊저녁보다 북적댔다. 이 일대에서 제법 큰 시장이라는

데 옷가게는 별로 없었다. 있어도 아이들 옷이 대부분이었다.

옷가게에 놓인 버선이 두 여인의 눈에 들어왔다. 버선을 들여다보던 병주가 무릎을 쳤다.

"새언니, 우리 버선을 만들어 팝시다."

"버선이오?"

"봐요. 버선이라고 꼭 달아빠진 빗자루 모양으로 밋밋하잖아요? 다 흰 버선뿐이고. 우리가 광목을 사다 검정 물을 들여 좀 덜 빨고 오래 신을 수 있게 만들면 괜찮을 것 같은데."

"그럴 거 같네요."

"여기서 장사하는 사람들만 해도 좀 나가지 않겠어요?"

"하긴, 버선이면 다른 옷보다 만들기도 손쉽고 팔기도 손쉽겠네요."

의견의 일치를 보고 난 둘은 일단 흰 광목과 솜, 검정 물감, 미군 부대에서 나온 군용 담요까지 한 장을 사가지고 돌아왔다. 군용 담요로 버선을 만들면 따듯한 데다 솜버선보다 빨아 신기도 편할 것이었다.

이틀 뒤, 하린과 병주는 광목에 먹물을 들인 검정 버선과 흰 버선, 미군 담요를 잘라 만든 버선까지 세 종류를 만들어 머리에 이고 부지런히 시장으로 나갔다. 그러나 좌판을 벌일 곳을 찾는 게 문제였다. 점포는 비싸서 엄두도 내지 못하고, 시장통 사람들이 많이 지나다니는 곳에 보따리를 펼 수밖에 없었다.

누가 알아볼까 봐 하린은 머리에 수건을 푹 눌러썼으며 병주도 두 갈래로 땋고 다니던 머리를 뒤로 질끈 묶었다. 그러고는 길 한쪽에 보따리를 펼쳐놓고 손님을 기다렸다.

첫날은 한 켤레도 팔지 못했다. 빈손으로 돌아가는 길, 잠시 자리를 비웠던 병주가 구호품으로 나온 헌 스웨터 몇 개를 사들고 돌아왔다.

"언니, 다녀보니 우리가 자리를 잘못 잡았어요."

"잘못 잡다니요?"

"여기는 맨 남자 군화며 잠바 파는 곳이잖아요. 남자들이 어디 버선을 눈여겨보겠수? 내일은 여자들이 많이 다니는 곳으로 옮깁시다."

다음 날 일찍 장으로 나와서는 병주 말처럼 아이들 옷가게 근처에 보따리를 풀려고 막 자리를 잡았다. 그런데 이를 본 가게 주인이 달려 나와 삿대질을 하는 것이다.

"누구 맘대로 남의 가게 앞을 막아? 남의 장사 망칠 일 있어?"

두 사람은 할 수 없이 다시 보따리를 쌀 수밖에 없었다.

"가게 앞이 자기네 땅인가? 웬 큰소린지 모르겠네."

분이 난 병주가 씩씩거렸다.

"걱정 말아요, 언니. 물건만 좋으면 사람들이 알아서 찾아올 거예요. 우리 버선 사러 왔다가 자기 집에도 손님이 들를 텐데, 그 사람 장사할 줄 모르는 거라니까."

"그러나저러나 여기는 괜찮을는지……."

기가 팍 죽은 하린이 주변을 살폈다. 시장 골목의 한갓진 모퉁이. 한약방과 고무신을 파는 가게가 있고 그 앞으로 시계방과 카메라점이 눈에 띈다. 보따리를 펼쳐놓고는 누가 또 나와서 시비나 걸지나 않을까 조마조마 주변 눈치를 살폈다. 그러느라고 가지고 온 물건은 제대로 팔지도 못하고 둘째 날을 보냈다.

이렇게 하다가는 하루에 버선 한 켤레를 팔기도 힘든 것 아닐까. 걱정에 잠긴 하린에게 불현듯 한 가지 생각이 떠올라 서둘러 버선 두 켤레를 집어 들고 처음 대전에 도착한 날의 그 국밥집을 찾아갔다.

주인 여자가 하린을 알아보고 반색을 한다.

"그래 집은 계실만 해유? 식사하시게?"

여인의 말에 하린이 가져온 버선을 내밀며 말했다.

"국밥 먹으러 온 건 아니에요. 좋은 집도 소개해주시고, 고마워서 이거 좀 가져왔어요. 제가 팔고 있는 버선이에요. 신어보세요."

"아이구, 검정 버선은 생전 처음 보네?"

"그렇죠?"

"이쁘기도 하고, 때가 타도 모르게 생겼으니 참 좋컷네유! 주시니 잘 신을게유."

때를 놓치지 않고 하린이 부탁했다.

"저쪽 끄트머리 고무신 가게 옆에서 팔고 있어요. 아시는 분들께 선전 좀 해주세요."

"아이구 그럼유, 걱정 놓으세요. 기가 막히게 선전해드릴 테니께."

선선히 대꾸한 밥집 주인이 기름종이에 싼 머리 고기를 시어머님 드리라며 기어이 하린의 손에 들려준다.

사람 좋은 국밥집 주인에게 부탁하길 잘 했다고 생각하며 자리로 돌아오니 병주가 카메라 가게 앞에서 웬 남자와 서서 이야기를 하는 중이었다. 하린을 보자 반색을 하고 뛰어온다.

"언니, 우리 잘 됐어요."

"뭐가 잘 돼요?"

"저 카메라집 아저씨가 자기 가게 앞에서 장사를 해도 된대요. 여기보다는 저기가 자리도 넓고 해도 잘 들어서 좋을 것 같아요."

병주가 가리키는 가게 쪽을 바라보았다. 주인 남자가 얼른 몸을 돌려서 가게 안으로 사라진다. 이쪽을 바라보다 무엇인가 들킨 사람처럼.

장사를 마치고 집에 돌아와서 저녁을 먹고 나면, 병주는 시장에서 사온 구호품 스웨터를 풀어 그 실로 아이들 스웨터 짤 준비를 했다. 먼저 헌 스웨터 푼 실을 깨끗이 빨아 따듯한 방바닥에 널어 말렸다. 빨간색 스웨터 아랫단에 흰색으로 눈꽃 무늬를 넣어, 은기에게 입히면 맞을 만한 여자 아이들 스웨터를 짜기 시작했다.

병주는 처음 짠 스웨터를 일단 은기에게 입혔다. 그리고 시장에 데리고 나갔다. 모두들 은기가 입은 스웨터가 신기한 듯 쳐다 보았다. 자신이 생겼다. 열심히 짠 스웨터가 다섯 개로 늘자, 이 물건을 시장 좌판에 내다 걸었다.

알록달록 무늬가 깜찍한 스웨터는 눈길을 끌었다. 스웨터는 물론 버선까지 잘 팔리기 시작했다.

하린네 버선은 시장 안 장사꾼들 사이에서도 소문이 났다. 때가 덜 타고 따뜻하며 맵시도 좋다는 칭찬들이었다. 시장에 안 나가는 대신 이씨는 집에서 열심히 물건을 만들었다. 광목에 물을 들이고 십 문, 십일 문, 십이 문…… 고무신 치수대로 천을 마름질하고 재봉틀을 돌렸다.

병주는 병주대로 열심히 뜨개질을 했다. 그 겨울과 봄, 병주는 스웨터 판 돈에서 얼마간을 떼어서 따로 모으고 있었다. 지금 시집갈 밑천 장만하느냐고 어머니가 핀잔을 줘도 묵묵부답. 속으로는 부산으로 떠날 계획을 세우고 있었던 것이다.

여기서 이렇게 뜨개질만 하고 있을 수는 없는 일이었다. 부산으로 피란한 학교에 다시 가서 졸업을 하고, 전쟁이 끝나면 대학을 가고 싶었다. 그게 안 되면 어디 취직을 하더라도 여고는 졸업을 해야 한다고 마음을 굳게 먹었다.

하린 역시 매일처럼 바쁜 하루였다. 아침마다 머리에 보따리를 이고 십 리 길을 걸어 장으로 가곤 했는데, 그보다 더 어려운 것이 시장에서 보내는 하루였다. 사람들을 상대하는 일이 너무 힘들었다. 값을 깎는 사람들에게 시달리는 것도 그렇지만 아직 젊고 아름다운 하린의 얼굴을 대놓고 들여다보며 이런 데서 장사할 얼굴이 아닌데 어쩌다 이렇게 됐느냐는 둥, 몇 살이나 됐는데 남편이 없느냐는 둥, 아직 새파랗게 젊은데 팔자를 고쳐야지 요즘은 그게 흉이 아니라는 둥, 그러고는 버선 한 켤레 사지 않고 가는 사람이 수두룩했다. 남편이 없는 여자라는 이력이 얼굴 어디에 쓰여 있기라도 하단 말인가. 한 귀로 듣고 한 귀로 흘리자고 마음을 다스리지만 쉽지 않은 노릇이었다.

하린은 피란을 오면서 머리의 쪽을 없앴다.

"아예 파마를 해보면 어때요 언니? 편하고 예쁘기도 할 텐데."

병주가 권했지만 파마까지는 차마 못 하고, 머리를 틀어 얹고는 수건으로 얼굴을 깊숙이 가렸다. 그러나 수건으로 얼굴은 가려도 어찌 팔자를 감출 것일까. 따뜻해지는 날씨와 함께 번거롭고 답답한 수건을 벗어버렸다. 장에 나와 앉아 있으면 장사꾼이지 그 이상 아무것도 아니다 생각하니 용기가 생긴 것이다.

그렇게 해서 '역전시장 어디 가면 보기 드문 미인 버선 장수가 있다더라'는 소문이 퍼지기도 했다. 그 덕분인지 장사도 그럭저럭 됐다. 공연히 사지도 않을 마누라 버선을 고른다고 매일 찾아와 이것저것 뒤적이며 하린을 흘끔거리는 영감들도 있었다.

피란 오고 나서 해가 바뀌었다. 봄이 되어 새로운 생활에 자리가 잡히고 하린의 버선 장사도 먹고살 만큼은 되었다.

병주는 일단 먼저 하린에게 자신의 계획을 이야기하기로 했다. 어머니보다는 올케언니가 자기를 더 잘 이해해줄 터였다. 나중에 어머니를 설득하려면 지원군이 필요하기도 했다.

그날 아침, 병주는 버선 보따리가 크다는 핑계로 하린을 따라나섰다. 그리고 아침나절 장사가 뜸한 틈을 타 지나가듯 이야기를 시작했다.

"새언니, 나 부산으로 갈까 봐요."

"부산?"

"가서 다니던 학교도 마쳐야 하고, 졸업 후에 돈을 벌어도 여기보다는 부산이 기회가 많다더라고요. 일단 거기는 임시지만 수도 잖아요. 외국 기관들도 많다니까 학교만 마치면 어떻게든 기회가 있을 것 같아요."

"하지만 어머니께서 가라고 하실까?"

"여기도 이제 장사가 자리를 잡았잖아요. 나 없어도 언니가 어머니 모시고 할 수 있을 것 같은데. 언니한테는 정말 미안하고 면목도 없지만, 허락해주세요. 언니는 이해하죠?"

"물론이죠. 나야 이해하고 응원하지요. 하지만."

"어머니 문제는 내가 해결할 거예요. 다만 어머니께 말할 때까지, 언니는 일단 아무 말도 하지 말아줘요. 그리고 어머니가 안 된다고 고집 피우면, 그때는 언니가 지원해줘야 해요, 알았죠? 하하하."

병주의 말에 하린은 한쪽 벽이 무너지는 것 같았다. 자신보다 열 살이 아래. 그럼에도 세상 물정 밝고 속이 깊은 병주를 하린은 많이 의지하며 지냈다. 따지고 보면 대전으로 피란을 온 것도 병주의 뜻이었고 버선 장사를 시작하게 된 것도 병주의 뜻이었다.

"그런데 이 난리 통에 혼자 어떻게 부산을 간단 말이에요. 기차도 부산까지는 없고, 아직 남쪽은 전쟁이 한창인데 혼자 떠나서는 안 돼요. 일단 어머님께 말씀드려봅시다. 더러 전라도로 둘러서 부산을 다녀오는 사람들도 있다니까."

"어머니께요?"

"그렇지 않아도 나, 흑석리에 와 있는 친정 올케와 강시를 찾아보려고 했으니 그동안 장사를 쉬고 흑석리에 다녀오고. 어머니만 허락하시면 그렇게 해봅시다."

장사를 시작하면서부터, 하린은 형편만 되면 강시를 이리로 데려오고 싶은 마음이었다. 다만 여태까지는 넓지 않은 방에 하린네 네 식구와 재봉틀까지 놓여서 엄두가 나지 않았을 뿐이었다. 하지만 병주가 가고 나면 어느 정도 가능할 것 같았다. 강시가 오면 자신이 집에서 일을 하고 강시를 장에 나가도록 할 수도 있었다. 강시는 서울에서 떡 장사를 해본 경험이 있으니 장사를 해도 잘할 것이었다.

게다가 하린은 건너편에서 카메라 가게를 하는 한씨라는 사람이 자꾸 마음에 걸렸다. 가게 앞에서 장사를 할 수 있도록 사정을 봐준 사람 말이다. 말씨나 행동거지로 봐서 막된 사람은 아니고 어느 정도 교육을 받은 사람 같기도 했다.

가끔 하린이 장사를 접을 때면 다가와서 머리에 보따리를 이어주기도 하고, 때로는 하린의 짐을 메고 앞장을 서서 그녀를 당혹스럽게도 만들었다. 친절이 무슨 흠이 될 수 있을까만, 주변 상인들 사이에서 엉뚱한 말이 돌 것만 같아 여간 신경이 쓰이지 않던 것이다.

그러니 이 기회에 강시를 데려와 대신 장에 나오도록 하면 어떨 것인가. 강시로서도 별로 살갑지 않은 둘째 올케 홍씨를 따라 그의 친정에 얹혀 있는 것보다, 하린과 지내는 것이 훨씬 마음 편할 것이었다. 시어머니도 크게 반대하지는 않으리라.

한동안 혼자 콧노래만 부르며 어머니 눈치를 살피던 병주가 지나가는 말처럼 슬며시 부산 가는 이야기를 꺼냈다. 뜻밖에도 이씨는 크게 반대하는 눈치가 아니었다.

나이는 어려도 영리한 딸 병주가 방구석에서 털실만 주무르고 있는 것도 딱했고 몇 달만 더 다니면 졸업할 학교를 못 다니고 있는 것이 영 마음에 걸렸었다. 게다가 삼촌 댁들이 두 집이나 부산으로 피란을 갔으니 크게 걱정 안 해도 될 것이었다. 셋째 삼촌은 피란을 가며 병주를 데리고 가겠다고도 했었다. 다 큰 처녀아이라 서울에 있는 것이 걱정이 된다며. 어머니가 말씀은 딱 부러지게 안 해도 대강 보내기로 마음을 정한 것을 눈치챈 병주가 자신 있게 말했다.

"두고 보세요. 가서 학교만 졸업하면 어디든 취직도 할 수 있을 거예요. 내가 영문과를 가려고 영어를 열심히 했잖아요. 실력 발휘해서 좋은 데 취직해야지."

"제발 조심해라. 세상이 이렇게 험악한 판이니, 그리고 눌언민행(訥言敏行)이라는 말 알지? 말은 어눌하게 하고 행동은 민첩하라고 했다. 말 앞세우지 말고 어디가든 몸조심해야 한다."

"작은아씨는 어딜 가나 잘 해낼 거예요."

하린도 거들었다. 어머니의 허락을 받아낸 병주는 날아갈 것 같았다.

"어머니, 새언니, 제 말 믿으세요! 앞으로 좋은 일만 있을 거라고요! 아셨죠?"

든 자리는 몰라도 난 자리는 안다던가. 병주가 떠난 집안은 썰물이 빠져나간 듯 조용했다. 늘 흥얼거리던 병주의 노랫소리는 사라지고, 대신 이씨의 재봉틀 소리만 요란할 뿐이었다.

이
씨

막내딸이 혼자서 그 험한 길을 떠난 지 보름이 돼오건만 아직 아무 소식도 없었다. 이씨는 절로 나오는 한숨을 삼키며 마음을 진정하려고 다시 부처님께 빌며 오래도록 합장을 한다.

"나무관세음보살…… 스물하나 신미생 병주가 부처님의 가피로 탈 없이 부산까지 잘 도착하도록 살펴주시옵소서…… 나무아미타불 관세음보살."

시름을 잊고자 맡았던 일감을 다시 손에 들었다. 새색시가 혼인 때 입을 다홍치마에 잣 주름을 잡기 시작한다. 치마 빛깔이 참으로 곱다. 어린 시절 입던 다홍치마가 생각난다. 할머니 곁에서 종이를 오리며 혼자 놀던 은기가 다시 이씨를 졸랐다. 할머니의 다홍치마가 생각나서다.

"그래서 할머니는 정말 열한 살에 시집을 왔어요? 할아버지도 열한 살이었고요? 그 얘기 또 해주세요, 할머니."

"응, 아가. 또 무슨 이야기를 하라고?"

"할머니 시집올 때 이야기요. 그리고, 그다음에, 증조할아버지가 할머니 애기였을 때 할머니 보러 덕소 할머니 집에 왔던 이야기도."

노래를 가르쳐주고 책도 읽어주고 잘 놀아주던 고모 병주가 부산으로 간 뒤, 심심해진 은기가 틈만 나면 옛날이야기를 해달라고 할머니를 졸랐다. 은기는 호랑이 얘기나 콩쥐팥쥐 이야기보다 할머니 어렸을 적 이야기가 더 재미있었다. 할머니 역시 재잘거리는 어린것이 옆에 있어서 덜 적적하고 좋았다.

"할머니는 정말 열한 살에 시집을 왔어요? 아직 애들일 때?"

"그랬단다. 네 할아버지도 나하고 동갑, 열한 살이고……. 그때는 혼례만 치렀지. 신랑 색시가 너무 어리니까. 관례를 치르던 열다섯 살까지 나는 덕소 우리 집에서 지냈단다. 그래도 한 달에 한 번은 가마를 타고 서울 전동에 있던 시댁으로 네 증조할머니, 그리고 호랑마님으로 소문난 너의 고조할머께 문안을 드리러 다녔지."

"가마를 타고요?"

"그렇지. 에이구 무서워라. 장마가 지면 냇물이 불어서 가마꾼 네 명이 가마를 어깨 위까지 치켜들고 내를 건너는데, 내가 무

서워서 내다보니 냇물이 장정들 허리까지 와. 시뻘건 물이. 물살
은 좀 또 거센가. ……그래도 나는 서울 전동 집에 가는 것이 좋았
단다. 가면 시어머님께서 자상하게 잘 해주시고. 나보다 두 살, 세
살 아래 시누이들하고 재미있게 놀았거든."

"소꿉장난도 하고요?"

"그랬지! 소꿉장난을 하다가 네 할아버지께 물벼락도 맞고."

오래전 일이지만 기억에 아직 생생하다. 색시라는 사람이 동생
들과 어울려 소꿉놀이하는 것에 화가 난 어린 남편이 탁상에 놓
여 있던 어항을 돗자리 만 것으로 내리쳤던 일이. 방 안이 온통 물
바다가 되고 어항에 있던 금붕어가 바닥에서 펄떡이던 장면이.
40년도 넘은 그 옛날 일이 마치 엊그제처럼 생생했다.

무엇 하나 부러울 것이 없던 시절이었다. 이씨가 충의공의 장
남과 혼약을 한 것은 그녀가 아직 어머니 배 속에 있을 때의 일이
었다. 이씨의 시아버님 되시는 충의공은 늦게야 자손을 보았다.
어린 시절 함께 공부한 친구의 딸이 바로 그해에 역시 아이를 가
지게 된 것인데, 절친했던 두 분이 함께 약주를 하시다가 약조를
했던 것이다. 둘 중 하나가 아들이고 하나가 딸이면 볼 것도 없이
사돈을 맺자고. 마침 충의공은 아들을 얻고 덕소 이씨 댁에서는
딸을 얻으니, 아이들이 어서 자라기만 서로 기다린 것이다.

이 이야기에서 은기가 가장 좋아하는 부분은 할머니가 가마 타
고 시집가던 날 이야기였다. 할머니가 그 이야기를 빼놓고 넘어

가자 은기가 다시 졸랐다.

"그런데 할머니, 시집가던 날 얘기는 안 했는데……."

"그날 이야기를 또 하라고? 요것이, 할미를 벌을 세우는구나."

그러면서도 이씨는 다시 그 이야기를 시작했다.

"음력 사월이니 날씨도 더웠어요. 속옷부터 겉옷까지 고운 비단으로 지은 옷을 겹겹이 입히고 큰머리를 했으니 어린아이가 가마 속에서 덥고 머리가 무거워 죽을 지경이지. 큰머리에는 시댁에서 보낸 큰 금비녀에 온갖 구슬이 박힌 머리꽂이까지 꽂고 무거운 댕기를 늘어뜨렸으니, 세상에나, 꼭 조여 맨 가슴은 답답한데 머리가 무거워 고개를 들 수도 없었단다."

여태 수십 번은 더 들려주었을 이야기였다.

"그래 내가 고개를 들다가 뒤로 자빠졌는데, 뒤에 앉아 나를 데리고 가던 수모가 놀라 가마를 세우고는 바람을 쏘여야 한다며 나를 가마에서 내리게 했어. 그러니 화려하기 그지없는 어린 색시를 보고는 그 동네 사람들이 놀라서 구름같이 모여드니 나도 놀랐지. 교군들이 둘러선 사람들에게 으름장을 놓아 쫓아버리느라고 야단이었고……. 그 난리 속에 한참 바람을 쐬니 정신이 나는 게야. 그래 다시 가마를 타고 떠났단다."

이 대목에서 늘 그랬던 것처럼, 은기는 어리고 예쁜 할머니가 다홍치마 연두저고리에 원삼을 입고 얼굴에 붉은 연지곤지를 찍고 머리에는 온갖 구슬 장식을 한 모습을 그려보는 것이 더없이 좋았다.

"그런데 할머니, 그 예쁜 보물들은 지금 다 어디 있어요?"

할머니는 쓴웃음을 지었다.

"다아 잘 두었지! 이다음에 우리 은기가 커서 시집갈 때 주려고."

아무리 졸라도 그것들을 절대 보여주지 않는 할머니가 은기는 야속했다.

"할머니, 그리고 충의공 할아버지가 할머니 보러 말 타고 덕소에 오신 얘기도 해야지요."

"우리 은기가 할미 얘기를 아주 다 외우는구나. 그 얘기를 또?"

"네!"

신이 난 은기가 손뼉을 치며 좋아한다.

"내가 몇 살 때였지, 은기야?"

"네 살 때."

"내가 왜 울었다고?"

"말 타고 오신 증조할아버지가 무서워서요."

"그랬지. 네 증조부께서 우리 집 근처에 있던 임금님 능에 다녀오시는 길에, 내가 잘 크나 보러 우리 집에 들르셨어. 금테 둘린 모자를 쓰시고 어깨에도 금술이 늘어진 정복을 입으시고는, 집채만큼 크고 시커먼 말을 타고 오신 게야, 얼마나 무서운지……."

"우하하."

"그 어른께서 말에서 내리셔서 나를 안아보시려고 하니 허리에 차고 계시던 긴 칼이 철렁, 소리가 나네? 너무 무서워서 내가 그만 으앙! 소리치고 울었단다. 그래도 네 증조할아버지께서 날 안고 달래주시는데, 어린 마음에도 얼른 울음을 그쳐야겠다는 생각이 들었지. 그때부터 유모가 날 울보 아기씨라고 놀렸단다."

할머니 앞에 누운 은기가 증조할아버지가 쓰셨던 모자며 어깨에 금술 달린 옷을 머릿속으로 그려본다. 피란 짐을 꾸리던 날, 식구들이 둘러앉아 증조부가 입으셨다는 정복을 펼쳐보았을 때 보았던 바로 그 옷이다. 할머니는 그 옷을 남색 비단보에 잘 싸서 버드나무 고리짝에 넣었다. 그리고 긴 칼은 안방 벽장에 보관하셨다.

이야기를 마친 이씨가 넘겨다보니 은기는 그사이 잠이 든 듯 조용하다. 일감을 밀어놓고는 은기를 안아다 자리 위에 뉘였다. 어린 손녀의 얼굴을 내려다본다. 입이 짧아 요즘 들어 더욱 먹지를 않는 아이의 얼굴이 피다 만 개나리처럼 노랗다. 내일은 안집에서 닭 한 마리를 사서 고아 먹여야겠다고 생각하니 자신의 입 안에도 어느새 군침이 돈다.

누가 뭐라고 해도 자신만큼 호강하며 살아본 사람이 없을 것이라고 늘 혼자 속으로 생각하는 이씨였다. 친정도 많은 땅을 가진 큰 지주였고, 시댁은 당대의 명문이었다. 서른이 다 되도록 몸종에 침모에 찬모에 식구보다 부리는 사람이 훨씬 많아서 손에 물을 묻히지 않고 살았다.

게다가 아드님들을 독일로 불란서로 유학 보내고 나서는 두 며느리를 가마 태워 학교에 보낸 시어머니였다. 서양 사람들이 하는 기독교 태화관에 공부하러 가는 날이 생각난다. 검은 망토에 금시계 줄을 늘이고 가마를 타고 가서는 영어도 배우고 서양의 역사 이야기도 들었다.

7년 만에 빈손으로 독일서 돌아온 남편은 명월관을 통째로 빌려 놀며 바람을 피웠다. 나중에는 아예 첩을 집에 들였다. 그러나 감히 첩이 어찌 그녀를 바로 볼 수나 있었겠는가?

대궐의 잔치나 경사에 부름을 받던 날. 물색 고운 옷을 차려입고 머리에 개구리첩지나 잠자리첩지를 꽂고 나서면, 첩은 마당에 늘어서 그녀를 배웅하는 하인들 틈에 서서 감히 그녀를 똑바로 바라보지도 못했다. 첩이 몇 명이든 자신은 늘 그들과 다른 사람이었다. 집안의 안주인은 어디까지나 자기 자신이라는 자부심으로 스스로의 질투를 다스린 이씨였다.

그러니 누가 아무리 부자라고 자랑을 해도 부러운 것이 없었다.

"그런 것은 내가 다 가져보고 해본 찌꺼기에 불과하다. 다 소용없느니라. 물거품이지."

이씨의 그런 말을 제일 싫어하던 막내딸 병주는 이 전쟁 중에 돈을 벌겠다고 혼자 부산으로 떠난 것이다.

"내가 좀 야무졌더라면 자식들 고생을 덜 시키지 않았을까……."

어쩌다 자책이 들 때도 없지는 않지만 기우는 가운을 어찌 혼자 힘으로 막았으랴. 돌아간 시어머니 박씨가 늘 하던 말씀이 있었다.

"집안이 몰락하는 것도 일어나는 것도, 다 사람의 힘만으로는 안 되는 일이더구나."

충의공이 돌아가시기 얼마 전, 사랑채 아궁이에서 족제비가 쏟아져 나와 마당에 떼를 지어 돌아다니는 일이 있었다. 밤이면 마루에서 우뢰같이 말 달리는 소리나 콩을 뿌리는 소리가 나 문을 열고 보면 언제 그랬냐는 듯 조용하기만 하였다. 집안이 이렇게 몰락한 것은 다 가운이 다해서라는 것이었다.

붉어지는 마음

추석을 앞둔 시장은 물건과 사람으로 붐볐다. 전쟁 중이라도 명절은 명절이었다. 명절 기분에 들뜬 사람들이 돈이 있든 없든 모두 시장으로 나와 기웃거린다. 돈 있는 사람들은 물건을 고르고 돈 없는 사람들은 나중에 돈이 돌면 살 물건을 구경하느라 시장 골목들은 온통 북새통이었다. 장을 보러 나온 사람들과 물건을 사라고 소리치는 상인들, 그 사이로 "지게요, 지게!"를 외치며 잰걸음으로 물건을 나르는 지게꾼들까지 끼어들어 시장은 그야말로 발 디딜 틈이 없었다.

그만 집으로 들어가려고 얼마 남지 않은 물건들을 막 꾸리는데 갑자기 다급한 외침이 들렸다.

"불이야 불! 솜틀집에 불났어요!"

놀란 사람들의 비명이 시장을 뒤흔들기 시작했다. 비명에 놀란 하린이 솜틀집 쪽을 바라보았다. 불이 붙은 솜뭉치들이 춤을 추듯 솜틀집에서 쏟아져 나오며 사방으로 날아다니는데, 마치 그것은 어스름한 하늘에 떠다니는 불꽃처럼 아름다웠다.

큰불이었다. 불은 곧 옆에 있던 옷가게들과 이불가게, 포목점으로 옮겨 붙으며 더욱 무서운 기세로 번져나갔다. 불을 본 사람들의 비명 소리, 불 속에서 하나라도 더 물건을 건지려는 상인들의 아우성, 시장 통을 빠져나가려는 사람들의 비명이 한데 엉켰다.

시장 골목이 삽시간에 지옥으로 변했다. 시커먼 연기와 불길이 좁은 시장 골목길을 따라 용틀임을 하며 피어오르고 있었다.

하린은 싸 들고 나온 보따리마저 팽개쳤다. 그러고는 있는 힘을 다해 연기가 차오는 시장 통을 빠져나가려 애를 썼다. 하지만 서로 밀치는 사람과 짐, 자욱한 연기 속에 어디가 어딘지 갈피를 잡을 수 없었다.

그때였다. 어디서 나타났는지 가방을 둘러멘 한씨가 뒤엉킨 사람들 틈을 비집고 팔을 뻗어 하린의 손을 잡아 쥐었다. 그러고는 있는 힘껏 잡아끌었다. 그가 잡아끄는 바람에 겨우 사람들 틈을 빠져나온 하린은 그가 이끄는 대로 큰길 쪽으로 뛰었다.

시장을 빠져나와 숨을 헐떡이며 방금 뛰쳐나온 시장을 돌아 보니 널름거리는 불길과 검은 연기가 시장을 뒤덮고 있었다. 지옥이 따로 없었다. 바람에 날려온 재가 그들이 있는 곳까지 날아와 함박눈처럼 두 사람의 머리에 내려앉았다. 망연히 불타는 시장 쪽을 바라보던 한씨가 고개를 돌려 물었다.

"은기 어머니 괜찮으세요? 어디 다친 데는 없습니까?"

"아, 고마워요. 덕분에…… 저는 괜찮아요."

하린의 가슴속 요동이 좀처럼 멎지 않았다. 놀란 가슴은 여전히 방망이질을 했지만 한씨의 땀과 검댕으로 뒤범벅이 된 얼굴을 보자 하린은 웃음을 감출 수 없었다.

"그런데 가게는 어떡하죠? 값진 물건들이 많을 터인데."

"값나가는 것들은 여기 가지고 나왔어요. 남은 것들도 대충 금고에 넣었으니 별 피해는 없을 겁니다."

"대목을 보려고 사 놓은 물건들을 모두 태운 사람들도 있을 텐데, 이만하면 운이 좋은 거죠. 그나저나 많이 놀라셨죠?"

"그나마 다행이군요. 저는 괜찮아요. 다친 사람이 없어야 할 텐데."

"그러게 말입니다."

"고맙습니다. 그쪽이 아니었으면…… 저는 아직 저 불길 속에 있었을 거예요."

매일 보는 처지이지만 그와 긴 이야기를 해본 적이 없었던지라, 하린은 그를 무어라 불러야 할지 망설여졌다. 한씨가 빙긋이 웃으며 유엔점퍼 주머니에서 뭔가를 꺼내들었다.

"그런데, 여기 더 소중한 것이 있어요."

고무신 한 짝. 그제야 자기 발을 내려다본 하린은 새삼 놀랐다. 고무신 한 짝이 어디로 사라졌는지 보이지 않는다. 정신없이 뛰느라 신발이 벗겨진 것조차 모르고 있었던 것이다. 신발 한 짝을 하린의 발 앞에 놓으며 그가 말했다.

"내가 가지려다 드리는 겁니다. 신발 없어서 장에 못 나오실까 봐."

내가 신던 고무신 한 짝을 가지려 했다니, 그게 무슨 말인가! 농처럼 던진 그의 한마디가 화살처럼 그녀의 심장을 건드렸다. 그러나 그의 말보다 더 두려운 것은 붉어지는 자신의 마음이었다.

하린은 철없는 자신을 나무라며 돌아섰다.

"불이 난 것을 아시면 어머니께서 걱정을 많이 하실 것 같아요. 저는 이만 가겠습니다. 오늘 정말 고맙습니다."

"미루나무길 초입까지 같이 갑시다. 나도 그쪽으로 가야 하니까."

"안 그러셔도⋯⋯."

"신이 벗겨졌는지도 모르는 사람을 혼자 가게 할 수는 없잖아요."

동구 입구에서 그를 돌려보내고, 하린은 방망이질 치는 가슴을 진정하며 천천히 집까지 걸었다. 그가 신발 한 짝을 내밀며 농담처럼 하던 말 '내가 가지려다가 준다'던 그 말이 아직도 가슴을 뭉클하게 하였다.

어떤 사람일까? 육이오 전에는 무엇을 하던 사람일까? 내가 남편이 없는 여자라는 것을 알고 있을까? 맙소사. 그가 누구건, 어떤 사람이든, 전에 무엇을 하던 사람이든, 그것이 나하고 무슨 상관인가?

애써 생각을 지우려 했지만 생각은 꼬리에 꼬리를 물고 그간 그가 그녀에게 보여주었던 크고 작은 호의들이 그저 우연이 아니었음을 부인할 수 없었다.

고무신 한 짝.

그 아수라장 속에서 벗겨진 신발 한 짝을 소중하게 가슴에 품고 왔다는 사실이, 하린의 가슴을 한없이 따뜻하고 환하게 만들었다. 마치 잿더미 속에서 반짝이는 불씨처럼.

그해 가을. 반가운 병주의 편지가 도착했다. 대전을 떠난 지 두 달이 지나서였다. 어렵게 부산에 도착하여 두 삼촌 댁 식구들을 만났으며, 학교도 다시 다니고 있고, 내년 봄이면 졸업을 한다는 반가운 소식이었다.

병주의 편지를 받은 이씨는 시름을 놓았다. 때를 맞춰 하린이 시어머니에게 조심스레 말을 꺼냈다.

"어머니, 저번에 말씀드렸듯이…… 강시를 석교리로 데려오는 것이 어떨까요?"

이씨로서도 물론 나쁠 게 없었다. 강시만 와 있으면, 언제고 때를 봐서 병주를 보러 부산으로 가거나 셋째 아들 병익이를 찾아 나설 수 있을 것이었다. '죽지 않으면 만나려니' 생각을 접었다가도, 살았는지 죽었는지 모를 막내아들 생각이 불현듯 떠오르면 어쩔 도리 없이 가슴이 메는 이씨였다. 전쟁터에서 죽지나 않았을까. 요즈막에는 사람을 찾는다고 신문에 광고를 내서 더러 찾기도 한다던데…….

말이 난 김에, 하린은 강시를 찾아 길을 떠났다. 흑석리는 대전에서도 몇십 리를 더 들어가는 시골이었다. 며칠에 한 번씩 움직인다는 기차표를 겨우 구했다. 서울을 떠나기 전, 계동으로 찾아온 강시가 손에 쥐여 준 흑석리 주소 하나만을 들고.

은기와 함께 길을 나섰다. 서른 넘도록 혼자서 먼 길을 가본 적이 없는 하린이다. 결혼 전, 수표동 정화당에서 팔판동으로 어머니를 보러 다닌 것이 전부였다. 결혼을 하고 나서는 남편이 근무하던 영동을 오갈 때가 몇 번 있었는데, 늘 남편과 함께였다. 남편이 죽고 나서는 더더욱 어디 나다닐 일이 없었다. 그래도 은기가 있으니 혼자보다는 든든했다.

하린과 은기를 태운 기차는 날이 어두워서야 흑석리에 두 모녀를 내려놓고 떠났다. 중간에 기차가 고장이 나 한 두어 시간을 지체했다. 그 바람에 벌써 해는 지고 대합실 밖은 어둠뿐이었다.

"어떻게 하나……."

날은 이미 저물었고, 달랑 주소 하나만 가지고 어딘지 얼마나 가야 하는지 모를 시골길을 헤매기가 두려웠다. 근처 어디에 여관이라도 있으면 자고 날 새기를 기다려야 할 터였다.

뿌연 유리창 밖을 불안하게 내다보는 하린에게 누군가 다가왔다. 마지막 기차가 떠난 후 대합실을 닫고 퇴근하려던 역무원이었다.

"아주머니, 문 닫아야 해요."

"아, 예에……."

"어디 이 근동엘 오신 것이오?"

"흑석리 사시는 홍씨 댁을 찾아가야 하는데 날이 어두워서…… 어디든 있다가 날이 밝으면 움직여야 할 것 같네요. 이 동네에 어디 그럴 만한 곳이 없을까요?"

차마 여관이라는 말이 나오지 않았다.

"흑석리 홍씨 댁이라면, 홍 진사 댁 아닌가요? 서울서 피란 내려온 식구들이 거기 계시다던데……."

하린은 뛸 듯이 반가웠다.

"아, 예. 진사 댁이라고 들었습니다. 혹시 그 댁을 아세요?"

"이 근동에 그 댁 모르는 사람은 없죠. 해방하고 땅을 많이 뺏겼지만 아직도 그 댁 땅을 부치고 사는 집들이 많으니까요. 이 근처에 여관이 있으나 방이 없을 테고. 가까이 주막이 하나 있긴 있는데 거기는 아주머니가 묵기 힘들 테고……."

잠시 망설이던 역무원이 선선히 말했다.

"서울서 오신 것 같은데, 뭐하면 우리 집에 가서 주무시고 가든지요."

"댁에도 식구들이 많으실 터인데…… 하룻밤 재워주신다면 감사하긴 하겠지만."

"집에 연세 드신 아버지가 계신데, 뭐 하룻밤이야 지내지 못하겠소?"

"초면에 이렇게 신세를 져서……."

"내일 아침 일찍 내가 진사 댁 가는 길을 가르쳐드릴게요. 예서도 아주머니 걸음으로는 한나절은 가야 할 거요."

잘 곳이 생긴 것이 다행스러울 따름이었다. 역무원을 따라, 그의 가느다란 손전등 불빛이 비추는 대로 논두렁길을 걸었다. 기차에서 내릴 때는 졸리다고 칭얼대던 은기가 아무 말 없이 하린의 손을 꼭 잡고 따라 걸었다. 어린 나이에도 뭔가 긴장이 되는 모양이었다. 이 야밤에 처음 보는 남자를 따라가는 하린 역시도 긴장되긴 마찬가지였다.

혼자 사는 것도 아닐 테고, 식구들이 있다니 별일이야 있겠나. 홍씨 댁을 안다고까지 해놓고 설마 무슨 해코지를 벌이지는 않겠지. 그래도 여전히 께름칙한 마음에, 하린이 뒤에 처져 은기의 귀에 대고 소곤거렸다.

"은기야, 혹시 저 아저씨가 '은기 아버지 어디 가셨냐'고 물으면 '집에 계신다'고 해야 한다. 알았지?"

어둠 속에서 겁에 질린 은기가 무엇을 안다고 고개를 끄덕였다. 얼마 지나지 않아 나지막한 울타리가 있는 집 앞에 다다랐다.

하린은 남자의 뒤를 따라 마당 안으로 들어섰다.

어두워서 아무것도 보이지 않았다. 방문에 댄, 손바닥만 한 유리 조각을 통해 희미한 불빛이 새어 나오고 있었다. 토방으로 성큼 올라선 남자가 엇험, 헛기침을 하고는 방으로 들어갔다. 그러고는 잠시 후 방문을 열고 나왔다.

"안으로 들어요. 우리 노인네는 벌써 잠이 드셨으니, 그냥 들어오슈."

"실례가 많습니다."

"별말씀을요. 난리 통이니 피차 도우며 사는 거지."

퀴퀴한 냄새가 나는 방 아랫목에는 검정 이불을 덮고 허연 머리만 내민 노인이 벽을 향해 돌아누워 있었다. 엉성한 머리칼로 보아 나이가 꽤 많은 노인 같았다. 다른 식구는 없는지 보이지 않았다.

"방이라고 하도 좁아서……. 나는 요 뒤에 사는 조카 집에 가서 자면 돼요."

남자가 남폿불의 심지를 낮추고는 일어섰다.

"내일 아침 일찍 올 테니 잠시 눈이나 붙이슈."

아직도 불안한 듯 어린애의 손을 잡고 서 있는 하린을 힐끗 보던 역무원이 방을 나갔다. 그제야 하린은 은기를 무릎에 누이고는 입고 온 스웨터를 벗어서 덮어주었다. 방구석의 궤짝 위에 개켜 얹힌 이부자리가 있지만 차마 손이 가지 않았다. 그대로 벽에 몸을 기대고 앉으니 얼었던 몸이 녹으며 눈이 저절로 감겼다.

엄마 무릎을 베고 은기는 벌써 잠이 들었고 하린은 이 불안한 밤이 어서 지나기만을 빌었다. 은기 아버지, 도와줘요. 아무 일 없이 이 밤이 지나가도록. 깊은 바닷속으로 가라앉듯, 그녀 역시 곤한 잠 속으로 빠져들었다.

얼마나 시간이 지났을까. 차갑고 앙상한 손길이 가슴을 더듬는 것을 느끼며 소스라치게 놀라 깨었다. 오싹 소름이 끼쳤다. 그녀의 눈 바로 앞에 시커먼 구멍 같은 입을 벌린, 해골 같은 얼굴이 바싹 다가와 있었다. 하늘로 뻗친 허연 머리칼. 자리에 죽은 듯 누워 자던 그 노인이 틀림없었다.

노인 역시 기겁을 하며 놀라 헐떡이는 숨을 멈추었다. 깊은 잠을 자는 줄 알았던 하린이 갑자기 눈을 떴으니 말이다.

하린은 이를 악물었다. 앉은 채로, 있는 힘을 다해 노인을 밀쳤다. 마른 수수깡 같은 노인이 벌러덩 방바닥 저편에 나가떨어졌는데 허리끈을 푼 바지가 반이나 벗겨진 것이 보였다. 그녀는 아직 자고 있는 은기를 급히 일으켜 안고는 방문을 박차고 나와 버선발로 후다닥 마당에 내려섰다. 어느 때나 되었는지 알 수가 없었다. 미칠 듯 두 방망이 치는 가슴을 진정하며 아직 어두운 하늘을 올려다보았다. 눈썹 같은 새벽달이 보인다. 부랴부랴 신발을 찾아 울타리 밖으로 내달리려다가, 갑작스런 두려움에 몸을 떨었다. 낯선 방에서 일을 당할 뻔한 것과는 차원이 다른 두려움이었다.

죽었나? 방 안이 너무 조용하다. 두려움이 새벽바람보다 날카롭게 머리를 스쳤다. 나무 관세음보살. 설마 내가 저 노인을 죽인 것일까? 품에 안은 은기를 가만가만 흔들어 깨워보았다.

"은기야, 은기야, 그만 자고 일어나. 우리 어서 가자. 강시 할머니한테 빨리 가야지. 응?"

"으응…… 더 자고 싶어."

잠결에 아이가 미간을 찌푸리며 칭얼댄다. 그나마 다행이다. 방금 전의 소동을 까맣게 모르고 있으니 말이다. 방에서는 아직 아무런 기척도 없었다. 불안했지만 방 안을 들여다볼 용기는 나지 않는다. 그렇다고 이대로 여기를 벗어나기는 발이 안 떨어진다. 따뜻한 은기의 체온을 느끼며 하린은 정신을 가다듬었다. 이제 어떻게 해야 할지를 차분히 따져보았다.

'기다렸다 역무원을 만나고 가야 한다. 이대로 가버리면, 정말로 내가 저 노인을 죽이고 도망친 것이 되고 만다.'

속으로 관세음보살을 수도 없이 부르며 마당을 서성였다. 얼마나 지나서였을까, 발소리가 나더니 그 역무원이 사립문을 밀치고 마당으로 들어섰다. 은기를 업고 마당에서 서성이는 하린을 발견한 그가 소스라치게 놀랐다.

"아니, 밖에서 밤을 새셨소? 밤기운이 찬데?"

"아니에요. 방에서 눈을 좀 붙였어요."

"그런데 어째 나와 계시오?"

"그보다도, 어서 들어가 보셔야 할 것 같아요."

"왜, 무슨 일이라도 생겼수?"

"잠시 전에…… 노인께서 소피를 보고 들어오시다 넘어지신 것 같더라고요. 제가 겁이 나서 손을 쓰지 못했어요, 죄송합니다."

하린의 말이 채 끝나기 전에 사내가 다급히 방으로 들어갔다. 아버지를 연거푸 부르며 뭐라고 웅얼거리는 소리가 들렸다. 그가 급히 방에서 나왔다. 사색으로 질린 얼굴이었다.

"우리 아버지가 이상해요. 빨리 가서 의원을 불러와야겠소. 겨우 숨을 쉬기는 쉬는데 심상치가 않네. 언제쯤 넘어지셨소?"

"얼마 안 됐어요……. 제가 여기 있을 테니 어서 다녀오세요."

사내는 사립문을 급히 밀치고 나갔다. 멀어지는 발소리를 들으며, 다시금 가슴이 내려앉았다. 눈앞이 캄캄했다. 방에서 뛰쳐나올 때, 노인이 어디라도 피를 흘리는 것을 보았던가? 그런 것 같지는 않다.

'관세음보살, 제발 저 노인 죽지 않게 해주세요. 죽지 않게 해주세요.'

하린은 추운 줄도 모르고 마당을 맴돌며 부처님께 빌었다.

얼마 지나지 않아 역무원이 누군가를 손수레에 태우고 달려 들어왔는데, 방에 누워 있는 노인만큼이나 나이가 든 의원이었다. 의원이 꾸무럭거리며 방으로 들어갔다. 알아들을 수 없는 웅얼거림들. 얼마 지나지 않아 그들이 다시 마루에 섰다. 의원이 고개를 저었다.

"약이나 두어 첩 써보지. 일어나기는 어려울 것 같네만…… 어디 머리를 부딪친 모양이야."

걱정스러운 얼굴의 역무원이 의원을 다시 손수레에 태웠다. 마당에는 다시 하린과 잠든 은기만이 남겨졌다.

약을 짓는다는 걸 보면 아직 죽지는 않은 게 분명했다. 한시 빨리 여기를 떠나는 것이 나을 터였다.

"은기야, 일어나. 이제 일어나야 해. 어서!"

은기를 깨워 마루에 앉혀놓고는, 죽기보다 무섭고 싫었지만 가져온 보따리를 가지러, 방으로 들어갔다.

하린은 죽은 듯 누워 있는 노인을 유심히 살폈다. 특별히 밖에 드러난 상처는 없었다. 숨을 몰아쉬며 가슴을 겨우 들썩거렸지만, 인기척에도 아무런 반응은 없었다.

보따리를 찾아든 하린은 은기를 업고 서둘러 마당을 나섰다. 회색빛으로 밝아오는 하늘을 바라보며 무작정 그 동네를 등지고 뛰다시피 걸었다.

재
회

고생 끝에 물어물어 손에 쥔 주소를 겨우 찾아낼 수 있었다. 지쳐 쓰러질 듯 문간에 들어선 하린이 마침내 강시를 만났고, 건네는 물 한 대접을 다 마시고는 그대로 쓰러지고 말았다.

인사불성으로 자리에 드러누운 지 벌써 사흘째다.

"찾아오느라 얼마나 고생이 심했으면."

하린을 내려다보며, 강시는 애잔한 마음에 눈물을 훔쳤다. 그 어리던 은기가 그새 많이도 컸다. 아이는 다행히도 건강했다. 주는 대로 밥도 잘 먹고 묻는 말에 대답도 잘 했지만 눈을 감고 뜨지 못하는 어미가 걱정이 되어 그 곁을 떠나려 하지 않았다.

'엄마에게 무슨 일이 있었던 것이냐'고 차마 아이에게 묻지 못하였다.

하린이 걱정이었다. 어서 죽이라도 좀 삼켰으면 좋으련만 통 머리를 들지 못한다. 한의원을 불러 진맥을 시켰지만 고개만 갸 웃거릴 뿐이었다.

"열병 같지는 않고…… 맥도 아주 약하고. 몸이 많이 쇠약해요. 무엇엔가 크게 놀란 것만 같은데. 쯧쯧."

흑석리에 오고 나서 닷새째, 마침내 하린이 겨우 정신을 차렸 다. 하린은 근심으로 가득한 채 지켜보던 올케에게 말했다.

"언니 걱정 끼쳐 미안해요. 많이 놀라셨지요."

"아이고, 이게 무슨 일이오. 큰일 생기는 줄 알았네."

"이젠 괜찮아요. 죄송해요."

"그런 말 말고, 어서 기운 좀 차려야지요. 자, 힘내서 이것 좀 들 어봐요. 어서."

하린이 무안한 얼굴로 밥술을 뜨기 시작했다. 강시를 비롯한 집안사람들은 그제야 한시름 놓았다. 무엇보다 이 댁 주인 홍씨 어른은 '몸보신할 음식부터 어서 준비하라'고 채근하며 하린을 걱정했다.

따지고 보면 이만저만한 손님이 아니었다. 딸의 시누이이니 사 돈이지만, 감히 옛날 같으면 자신 같은 촌사람은 쳐다보기도 힘 든 귀한 집안사람이었다. 충의공의 종손부이자 정화당의 조카따 님. 그러한 인물이 자기 집을 찾아준 것이다. 좋다는 것이 있으면 무엇이건 해 먹여 어서 몸을 추스르게 해야 할 터였다.

덕분에 빠르게 몸이 회복이 된 하린이 어느 날 저녁, 은기를 재워놓고 어둠 속에서 강시를 불렀다.

"강시, 내가 실은 강시를 데리러 왔어요. 나하고 대전으로 갑시다."

"아씨 시댁 말이오?"

"거기 시장에서 장사도 자리가 잡혔고, 무엇보다 강시하고 같이 있고 싶어요. 피란 생활이니 여기나 거기나 강시가 마음이 편하진 않겠지만, 은기 할머님도 강시가 오면 좋겠다고 하시고요."

강시가 순순히 고개를 끄덕였다.

"나야 어디를 간들 내 집이겠소. 여기서야 내가 할 일도 별로 없고, 아씨하고 있으면서 도움이 되는 게 낫겠지. 떠난다고 아쉬워할 사람도 없을 테니."

"강시…… 고마워요."

하린은 터져 나오는 울음을 참기 어려웠다. 남편이 죽고 친정어머니가 돌아가시던 때 이후로 처음 터져 나오는 울음이었다. 울음을 삼키느라고 들썩이는 하린의 등을 쓸어주며, 강시 역시 가슴이 저렸다. '무슨 일이 있기는 있는데 대체 무슨 일인가?' 강시는 혼자 온갖 불길한 상상을 다 해보며 하린이 울음을 그치기만 기다렸다.

다음 날 아침, 하린은 은기를 앞세우고 사랑으로 나갔다. 홍 영감에게 하직 인사를 드리기 위해서였다.

사랑은 기역 자 건물이었다. 일자로 된 사랑채 옆으로 사당이 연결된 듯했다. 안채에 비해 그리 넓지도 않고 별 치장도 없었지만 벽에 걸린 석란 족자며 쌍으로 놓인 먹감나무 문갑과 탁자 모두, 조촐하면서도 값진 물건들이었다.

홍 영감은 정자관을 쓰고 아랫목에서 앉아 있었다. 하린과 은기가 절을 하자 앉은 자리에서 반쯤 일어나 맞절을 하며 예를 갖추었다.

"그래, 길을 떠날 만하시겠소?"

"그간 너무 신세가 많았습니다."

"무슨 그런 말씀을. 부족한 점이라도 없었나 모르겠소."

"아닙니다. 지나치게 과분한 대접을 받았습니다."

"몸이 더 충실해진 뒤에 가시면 좋으련만, 시모께서 혼자 계신다니 내가 더 잡지를 못하겠소."

"……."

"우리 집이 보시다시피 식구는 없고 집은 넓어서 댁 모두 와 계셔도 내게는 광영이겠지만, 감히 그 말을 꺼내지는 않았소. 가서 혹시라도 시댁 어른께서 용납하시면 모시고 이리로 오시오. 여기는 인민군이건 국군이건 구경을 못 한 산골이니……."

"말씀만으로도 참으로 감사합니다. 돌아가서 말씀은 여쭙겠습니다만, 대전을 떠나기는 어려울 듯합니다. 그간 병치레를 한다고 모두 염려하시게 했습니다. 송구하고 고맙습니다."

올케의 친정은 큰 지주였으나 열병이 돌 때 마나님을 잃었고 두 아들 역시 돌림병으로 일찍 잃었다. 손이라고는 사위 없는 딸이 하나 남았는데 바로 하린의 둘째 올케다. 지체로 보자면 내세울 것이 없지만 워낙 재산이 많아 하린의 둘째 오빠와 혼인이 된 것이라고, 언젠가 맏올케가 들려준 이야기였다.

늘 냉랭한 둘째 올케였다. 그러나 하린이 혼자되고 나서는 그래도 만나면 말이라도 부드럽게 하곤 했다. 하린은 언제 다시 만날지 모를 올케와 작별을 나누었다. 그러고는 단출하게 짐을 챙긴 강시와 함께 홍 진사 댁을 나섰다.

수표동에서부터 따라 내려온 할아범이 자꾸만 눈시울을 붉히며 동구 밖까지 배웅을 나왔다. 할아범은 동저고리 바람에 허연 머리를 날리며 점점 작아져가는 하린네들을 하염없이 바라보았다.

30년을 넘게 한솥밥을 먹은 사람이다. 이제 이렇게 헤어지면 언제 다시 저 사람을 볼 것인가? 어지간해서는 눈물을 보이지 않는 강시였지만 눈물이 앞을 가려 발걸음이 떨어지지 않았다. 하린은 가슴이 메어지는 슬픔을 억누르며 강시의 손을 잡았다.

할아범과 강시, 이 두 사람은 하린의 인생에서 빼놓을 수 없는 사람들이다. 즐거웠던 어린 시절이나 혼인 이후 어려운 시절이나 늘 그녀를 감싸고 달래고 또 따르던 하린의 짝패들이었다. 하린이 손가락으로 가리키는 것은 무엇이나 손에 쥐여 주었고 하린의 불행에는 남몰래 눈물을 흘리는 사람들이었다.

휴우~ 한숨을 내뱉으며 하린이 강시를 달랜다.

"강시, 전쟁이 끝나 서울로 가게 되면 다시 와서 할아범을 데려 갑시다. 머지않아 전쟁도 끝이 날 거요."

홍 영감님은 머슴에게 지게까지 지워 농사지은 쌀이며 깨, 기름, 집에서 내린 식초까지 얹어서 기차역까지 하린과 일행을 따라가도록 했다. 역으로 가는 길을 터벅터벅 걸으며, 강시는 다시 어젯밤 하린으로부터 들은 이야기를 곱씹어보았다.

역무원이라는 남자, 그의 누추한 집, 허연 머리가 엉성한 늙은 이, 그의 해골 같은 얼굴……. 생각할수록 아찔하고 분하고 마음에 걸렸다.

그 망할 영감이 죽지나 않았어야 하는데. 혹 그날 밤의 일로 세상을 떴다면, 그로 인해 하린이 얼마나 마음을 졸일까. 물론 그날일을 영감의 아들이라는 사람이 눈치챘다 해도 하린에게 뭘 어쩌지는 못할 것이다. 따질 생각이 있었다면 하린이 가는 곳이 홍 진사 댁인 줄 알았으니 그 댁으로 찾아와도 벌써 찾아왔을 것이거니와, 무엇이 떳떳해서 따진단 말인가.

그날 밤의 일은 아무도 모르는 일일 것이라고 생각을 속으로 풀었다 지웠다 하며 무거운 걸음을 옮겼다. 겁도 없이 역무원을 따라가 잘 생각을 하다니……. 하린을 나무라고도 싶지만 참았다. 어찌 저렇게 겁이 없고 세상 물정을 모르나 싶어 강시는 혼자서 혀를 끌끌 찬다.

역에 도착하고 나니 더욱 두려워진다. 머슴에게 기차표를 사러 보내놓고, 강시와 하린은 앉을 곳도 없는 역사 밖에서 은기를 데리고 서성였다. 역무원과 얼굴이 마주치는 것이 두려웠다.

햇살에 은기의 까만 머리가 예쁘게 반짝거린다. 은기는 강시가 만들어준 팥주머니를 가지고 혼자 재미있게 놀고 있다. 두리번거리던 머슴이 한참 만에 차표를 손에 쥐고 돌아왔다.

"왜 이렇게 늦었나?"

"야, 여기 있던 역원이 자리를 비웠대나 봐유. 아버지 상을 치렀다나. 못 보던 젊은이가 표를 파는디, 뭘 잘 모르는지 헤매다가 오래 걸렸시유."

차표 두 장을 받아 드는 강시와 하린 두 사람의 불안한 눈길이 마주쳤다. 강시가 서둘렀다. 마치 누가 쫓아오기라도 하는 것처럼. 그래도 강시는 머슴에게 돈을 손에 쥐여 주고, 할아범을 잘 돌봐달라는 부탁을 잊지 않았다.

"아씨, 어서 기차에 오릅시다."

은기를 얼른 안아 기차에 태우고 하린의 손을 잡아끌었다. 강시의 손에 느껴지는 하린의 몸이 나뭇잎처럼 가벼웠다.

기차에 겨우 올라탄 하린은 눈앞이 그저 캄캄했다. 어둠 속 노인의 끔찍한 얼굴이 떠올랐다. 사람을 죽이다니. 내가 무슨 짓을 한 것인가? 내 경솔함이 그 노인을 죽게 했구나. 이 죄를 어떻게 씻을 것인가.

은기를 무릎에다 재우던 강시가 아이가 잠이 들자, 얼굴이 백지장이 돼서 창밖만 내다보는 하린을 향해 다시 입을 연다.

"어차피 그리 될 사람이었소. 절대 아씨 잘못이 아니오."

그 귀에 지금 무슨 말이 들리랴 싶지만, 한마디 안 할 수가 없었다.

"물에 빠져 죽을 사람은 접시 물에도 빠져 죽는답디다. 잊어요. 홀홀 털어버려요. 다 때가 돼서 저승사자가 데려간 거니까."

그러던 강시가, 갑자기 화가 나는지, 죽은 사람을 나무란다.

"죽어 싸지! 망할 늙은이 같으니. 제 몸 하나 추스르지도 못하면서 감히 새파란 사람을 넘봐? 못된 늙은이!"

병구의 편지

"어머니, 저희 왔어요."

"할머니!"

저물어가는 오후, 하린과 강시가 은기를 앞세워 마당으로 들어섰다. 방문이 벌컥 열리며 이씨가 버선발로 뛰어나왔다.

"아침에 까치가 저 나무에서 자꾸 울길래 오늘은 오려나 했다."

먼저 강시 손을 잡고 반가워한다.

"죽지 않으면 다 이렇게 만나는구려. 잘 오시었소."

"마님, 객지에서 얼마나 고생이 많으십니까. 이제야 찾아뵙습니다."

이씨는 문득 콧등이 시큰해진다. 하나뿐인 며느리와 하나뿐인

손녀딸, 그리고 든든한 식구가 되어줄 강시까지. 반가운 사람들을 다시 만나니 자신의 곁을 단 한 명도 지키지 않는 자신의 자식들이 더욱 사무치도록 그리워지는 것이었다.

저녁상을 치우고 나자 이씨가 봉투 하나를 내밀었다.

"너 없는 동안 미국에서 편지가 왔구나. 병구에게서."

2년 전, 그러니까 육이오 나기 전해에 어렵게 미국으로 공부하러 간 하린의 큰 시동생 병구의 편지였다. 피란을 온 이후로 처음 받는 편지다.

지난 밤 꿈에 죽은 병수 형이 나타나 "너는 은기가 어떻게 지내는지 알기나 하느냐?"고 나무라는 통에 식은땀을 뺐다는 이야기와 함께 병구의 편지는 시작되었다. 전쟁 통에 서울 가족이 어떻게 됐나 걱정을 많이 했는데, 얼마 전 서울에서 온 친구가 부산에서 우연히 병주를 만나 식구들 소식을 듣게 되었다는 것이다. 방학 동안에는 멀리 있는 서부의 도시에서 오렌지 따는 농장 일을 하여 학비를 벌고 있으며, 4, 5년 후면 공부를 마치고 집으로 돌아갈 수 있을 것이라고 했다. 병구는 은기의 안부를 묻는 것도 잊지 않았다.

하린은 병구의 꿈에 나타난 남편 병수의 이야기가 마음에 걸렸다.

"관세음보살……. 어쩨 당신은 아직도 구천을 헤매시나요…… 이승의 일은 다 잊고 극락으로 가지 않고."

편지를 다시 접어 시어머니에게 드리는 하린의 손이 가늘게 떨렸다. 살아만 있으면 태평양 건너 어딘지도 모를 먼 나라에 가 있는 사람도 이렇게 편지를 주고받을 수 있는 세상이다. 하지만 남편은 너무도 먼 세상으로 떠나간 사람이었다. 영원히 만날 수도 가닿을 수도 없는 곳으로 가버린 사람이었다.

하루를 쉰 뒤, 겨우 몸을 추스른 하린이 강시를 데리고 시장으로 나갔다. 그동안 이씨가 부지런히 만들어놓은 물건의 양이 적지 않았다. 보따리를 두 짐으로 나누어 머리에 일 정도였다.

오래간만에 나서는 시장 거리 분위기가 심상치 않았다. 전쟁이 곧 끝날지 모른다는 소문이었다. 전쟁이 아주 끝나는 게 아니라 휴전이 될 것이라고도 했다. 사람들은 고향으로 돌아갈 수 있다는 생각에 모두 들떠 있었다.

"정전이란 거이 되믄, 우리도 고향으로 갈 수 있다는 거 아인가?"

"뭐 거기까지야 모르지르. 싸움이 끝난 거이믄 그렇게 될 거이고, 말 그대로 잠시 쉰다는 거이믄 아이 되겠지?"

특히나 북에서 내려온 사람들은 여기저기 모여서 귀향을 꿈꾸며 고향 이야기로 시간을 보내곤 했다. 다시 집으로 갈 수 있을지 모른다는 희망에 모두 장사는 뒷전이었다.

"어이구 제기…… 전쟁이 끝나봐야 끝난 게지! 어디서 듣고 와서 허는 말인지는 모르지만 괜히 헛물들 켜지지 말고 어서들 가서 장사나 허슈."

자기 가게 앞에 사람들이 몰려 있는 것이 못마땅한 평택 아주머니가 가게 앞을 빗자루로 쓸며 사람들을 쫓았다.

"오랜만입니다!"

먼발치에서 하린을 본 한씨가 반갑게 뛰어와 하린이 머리에서 짐 내리는 것을 거든다.

"다시 못 보는 줄 알았습니다."

그는 반가움을 감추지 않았다.

"어찌나 궁금하고 걱정이 되는지, 어디 소식을 알아볼 데도 없고……. 그만 서울로 가셨나 했지요."

"예, 집에 일이 좀 있어서요."

내심 반갑고도 민망해진 하린이 짧게 대꾸를 하는데 강시는 큰 눈을 더 크게 뜨고 두 남녀의 거동을 살피고 있다. 분위기를 눈치챈 하린이 소개를 하고 나섰다.

"저어…… 우리 친정 아주머니 되는 분이세요."

"아, 그러신가요."

"앞으로 나 대신 장에 나오실 거예요. 잘 좀 부탁드려요."

한씨가 놀란 눈을 크게 떴다.

"그래요? 그럼 은기 어머니는 이제 장에 안 나오시는 건가요?"

"당분간은 나와야 할 테지만…… 좀 익숙해지면 우리 아주머님 혼자 하실 수 있을 것 같아서요."

한씨가 말없이 고개를 끄덕이며 강시를 바라보았다.

"뭐 도와드릴 만한 일이 있으면 언제든지 말씀하세요. 한기범이라고 합니다."

한씨라고만 알았지 그의 이름을 들은 것은 처음이다. 한기범. 상스러운 이름은 아니구나.

"나 도와줄 건 없으니 어서 가서 당신 일이나 보슈."

뭐가 못마땅한지 강시가 한씨를 똑바로 보며 쏘아붙였다.

머쓱해진 한씨가 하린에게 눈인사를 하고는 슬그머니 자리를 떴다. 그 뒷모습이 사라지기도 전, 강시가 들으라는 듯 언성을 높인다.

"아씨, 아무리 난리 중이고 세상이 바뀌었다고 해도 법도는 법도요. 어디 젊은 남자가 언제적부터 알던 사이라고 아씨 머리에서 보따리를 받아 내려준단 말이오? 쯧쯧……."

여전히 두 눈을 부릅뜬 강시가 한씨의 뒷모습을 노려보고 있다. 하린이 어색하게 웃으며 말한다.

"여기서 나를 아씨라고 부르지 말아요. 강시가 내 아주머니가 된다고 했는데 아씨라고 하면 어쩌자고. 그냥 은기 엄마라고 해요."

"세상이 뒤집혀서 장에 나와 앉아 있어도 아씨는 아씨요. 지금 무슨 망령된 소릴……."

"그러지 말아요. 그리고 내가 힘에 부쳐 보여 좀 도와준 것뿐이에요. 사람이 막된 것 같지 않으니 넘어가요. 다른 마음을 먹고 그러는 것 같지는 않으니까."

"아이구 참 아씨도. 척 보니 그자가 아씨를 바라보는 눈이 다릅디다. 그것 여지까지 모르셨소?"

"차~암……."

"그래요. 여태 눈치 못 채셨소?"

거짓말을 하다 들킨 사람처럼 하린이 움찔하는 것 또한 놓치지 않은 강시는 재차 혀를 끌끌 찼다. 그러나 어쩌랴, 아직 저 새파랗게 젊은 하린을. 그리 어렵게 혼인을 하고는 몇 해 살아보지도 못하고 남편을 잃은 저 가여운 팔자를. 그러나 도리가 없는 노릇이다. 시댁 가문을 살피나 정화당을 보나, 하린은 다시 남자를 만나 살 수는 없는 팔자를 타고난 사람이다.

강시는 입술을 깨문다.

"아씨, 어서 세월이 가기만 바랍시다."

"……."

"은기 하나 잘 길러서 시집보내고 나면 아씨도 머리에 서리가 내릴 테고, 그때가 되면 아씨도 이런 시름 저런 시름 다 잊게 될 것이오."

이제 하린의 나이 서른둘. 언제 세월이 가서 이 생각 저 생각 안 하고 살 나이가 될까 생각하니 그저 막막하기만 하다.

그날은 일찍 장사를 접었다. 펼쳐놓았던 보따리를 다시 꾸려서 나누어 머리에 이고 집으로 향했다. 개천을 끼고 늘어선 미루나무 길을 앞뒤로 걸으며 두 사람은 한마디도 하지 않았다.

"내일부터는 내가 혼자 장에 나와도 될 것 같소. 아씨는 집에서 바느질이나 해요."

침묵을 깨고 강시가 퉁명스레 말했다. 하린은 그러는 강시의 마음을 잘 안다. 그러나 강시도 내일모레면 육십이다. 난리 중에 고생을 심하게 해서 그런지 목이 길어지고 안색도 창백한 것이 몸이 아주 전만 못한 것이 마음에 걸렸다. 평생 남의 뒷바라지만 하며 살아온 사람.

"내 걱정 말고, 이제 강시도 자기 몸이나 돌봐요. 아주 전만 못 해졌어요."

"아씨도 참. 이래 뵈도 내가 아직은 웬만한 사내쯤 거뜬하게 상대할 수 있소. 어디 한번 보여드릴까?"

"아휴, 아서요."

말은 그렇게 하지만 두 사람의 마음에서 오가는 생각은 한 가지였다. 언제 세월이 가서 이 생각 저 생각 안 하고 사는 나이가 된단 말인가?

강시는 떠나고

1952년 초봄. 어떻게 하든 올여름 안으로는 서울로 돌아가야 할 터였다. 저녁을 끝내고 설거지를 마친 하린까지 세 여인이 자리를 잡으면 서울로 돌아갈 방도를 궁리했다.

"전쟁은 아직 끝나지 않았지만 큰 전투는 없을 거래요. 휴전을 곧 한다는 소리도 있고."

"아직 정부는 부산 임시 수도에 머물고 있지 않니. 서울에서는 북으로 도망가다가 숨어든 빨치산들이 여기저기 숨어 있단다."

"아직 민간인 환도는 불가하지만, 어떻게든 한강만 건너면 집으로 가는 것은 어렵지 않을 거 같아요, 마님."

이씨는 부산에 가 있는 병주가 자꾸 마음에 걸렸다. 식구를 보러 한번 오지도 않고, 전처럼 자주 편지를 하지 않았다. 그래 서울로 돌아가기 전, 단단히 마음먹고 부산에 한번 가봐야겠다고 혼자 마음먹은 이씨였다.

은기는 올해 초등학교에 입학을 해야 하는 나이다. 하지만 어차피 서울로 가기로 결정이 났으니, 늦더라도 서울에 가서 입학을 시키기로 했다.

이즈음 하린에게 제일 큰 걱정은 강시였다. 흑석리에 가서 다시 만났을 때도 그렇게 느꼈지만 요즘 들어 더욱 약해진 모습이었다. 밭은기침을 달고 살더니, 어제 아침에는 각혈까지 했다. 영 심상치 않았다. 그런 몸으로 더우나 추우나 하루도 쉬지 않고 장에 나간다고 고집을 부린다. 이럴 줄 알았으면 대전으로 데려오는 것이 아닌데.

하루 장사를 쉬고 모처럼 외출할 채비를 했다. 시장 통에 있는 한의원으로 강시를 데리고 가야겠다고 마음먹은 것이다. 평소 같으면 '의원은 무슨 의원이냐'고 꿈적도 하지 않을 사람이, 그런데 무언가 짚이는 데가 있는지 오늘은 별말 없이 따라나섰다. 이 역시도 하린의 마음을 무겁게 했다.

'내가 너무 무심했었구나. 요즘은 통 먹는 것도 시원찮아 보이고……'

강시를 데리고 일단 시장 안에 있는 국밥집으로 들어갔다. 그 흔한 국밥 한 번을 여태 사주지 못했던 것이다.

점심때가 조금 지난 국밥집은 왁자지껄하고 더운 김이 자욱했다. 바삐 점심을 먹는 사람들 속에서 둘이 겨우 자리를 잡고 앉았다. 주문한 국밥이 막 놓이는데, 누가 하린네 앞에 멈춰 섰다.

"어이구! 오랜만입니다. 이제야 식사하시네요?"

올려다보니 한씨다.

"오늘은 장사는 안 하시나 봐요."

한씨의 등장에 강시가 반가운 얼굴이다.

"아이구, 한 선생. 식사는 하셨소?"

"예, 저도 지금 막 먹었습니다."

"그렇지 않아도 내가 이따가 좀 보려고 했소. 뭐 좀 부탁할 것도 좀 있고…….."

"그러셨어요? 이따 언제라도 들르십시오. 기다리고 있을 테니."

"아니, 기다리진 말아요. 오늘은 어디 들를 데가 있어서 늦어질 수도 있고, 오늘 못 가면 내일은 장에 나오니 그때 봐도 되고."

"예, 그렇게 하시지요."

이 상황을 지켜보던 하린이 놀라 입을 다물 수가 없다. 도통 모를 일이다. 한씨에게 좋지 않은 경계의 눈초리를 보내던 강시가, 지금은 웬일로 이렇게 싹싹하단 말인가. 그리고 호칭조차 한 선생이라니? 게다가 그에게, 무슨 부탁을 할 일이 있기에?

점심을 마치고 자리에서 일어나 계산을 치르려던 하린은 다시 한 번 당황하지 않을 수 없었다. 밥값을 한씨가 내고 갔다고 국밥집 주인이 이야기하는 것이다. 그러나 이런저런 궁금증을 지금 강시에게 캐물을 수는 없었다. 일단은 그럴 정신이 아니었다.

한의원부터 가볼 일이다. 강시의 진맥을 마친 의원이 하린을 심하게 나무랐다.

"병이 너무 오래됐어요. 쯧쯧. 아니 어쩌면 사람이 이 지경이 되도록 그냥 놔두셨소?"

짐작했던 대로 폐결핵이었다. 손을 쓸 수 없을 정도로 심한 상태라는 것이었다. 할 말이 없었다.

"다른 식구들도 모두 조심해야 해요. 무섭게 옮는 병이니."

"예…… 그런데 혹시 무슨 방법이라도."

"약도 소용없어요 저 상태에서는. 좋아하는 음식이나 많이 해주고 편히 쉬게 해줘요."

의원에서 나온 강시는 자기 병을 다 알고 있었다는 듯 별로 놀라는 기색도 없이, "내 얼른 한씨한테 다녀올 테니 예서 잠깐만 기다려요." 하고는 휑하니 가버렸다.

시장 모퉁이에 서서 강시를 기다리며 하린은 울었다. 참을 수 없는 눈물이 쏟아졌다. 견디기 힘든 두려움과 슬픔이 바위처럼 그녀를 내리눌렀다. 돈이 얼마나 들던 강시의 병을 고쳐야 한다. 병원에 입원이라도 시켜서 강시를 살려야 한다. 그러나 그럴 돈을 어디서 구한단 말인가?

시어머니 이씨가 강시의 병을 눈치챘다면 더욱 문제다. 더 이상 같이 데리고 있을 수 없다고 할 터였다. 매정하지만 당신으로서는 그럴 수밖에 없을 것이다. 그런다면 어쩐다? 지금 와서 다시 흑석리로 돌려보낼 수도 없고. 이른 봄바람이 저녁이 되어 쌀쌀해졌다.

하늘가가 조금씩 검게 물들고 있다. 한참 만에 강시가 허둥지둥 나타났다.

"갑시다."

"볼일은 다 봤어요?" 강시는 물음에는 대꾸도 하지 않고 눈을 흘긴다.

"추운데 어디 가게에라도 들어가 있지, 여태 여기 서 있었소? 에그, 주변머리하고는. 내 가면서 얘기하리다."

두 사람은 일찌감치 문을 닫은 가게들로 더욱 심란해 보이는 시장 통을 벗어나 큰길로 나섰다.

"아씨, 난 살 만큼 산 사람이오."

"……."

"겪을 것 다 겪고, 볼 것 다 보고. 그러니 지금 죽은들 애통할 게 뭐 있겠소."

강시가 아무렇지 않은 듯 중얼거렸다. 저녁거리를 궁리하는 아낙의 혼잣말처럼 태연하게.

"단지 아씨를 좀 더 봐주지 못하는 것이 제일 걸리지만, 뭐 아직 시어머님 정정하시고 은기도 잘 자라고…… 이제 아씨 몸 하나만 건강하면 돼요. 제발 모두 내 몹쓸 병이나 옮지 않았으면 좋으련만."

"참, 강시도. 아직 남은 고생을 누가 하라고 강시가 벌써 죽는다는 얘길 하는 거예요?"

하린이 눈을 흘기며 웃어 보였다.

"요즈음은 의술이 많이 좋아졌다잖아요. 그래서 다 죽어가는 사람도 살린다잖아요. 강시 그 병도, 수술을 해서 한쪽 폐만 가지고 사는 사람도 있답디다. 내일은 양의한테 가서 사진을 찍어봅시다. 그래야 정확히 알지. 한의원 진맥만 해가지고 어떻게 알겠어요?"

"아씨. 내 몸은 내가 잘 알아요."

"……."

"우리 아버지가 이 병으로 가셨어요. 이 병 걸린 다른 사람들이 공연히 돈 쓰고 살림 다 들어먹고 가는 꼴도 여럿 봤어요. 난 벌써 각오를 했어요. 그러니 나 하는 대로 둬요."

"강시, 그러지 말아요. 이제부터 다른 생각 말고 나 하자는 대로만 해요. 집에 가서는 아무 말 맙시다. 어머니께는 내일 양의를 본 후에나 말씀드리게."

"아니, 아씨가 내 말을 들어요. 당사자 말을 들어야지. 안 그래요?"

하린은 그만 입을 다물고 말았다. 강시가 한번 이렇게 나오면 결코 그 고집을 꺾지 못한다는 것을 잘 알고 있었기 때문이다. 말로는 그녀를 이길 수가 없었다. 내일은 어떻게 하든 대전 도립병원에 데려가 사진을 찍게 할 생각이다. 늘 다니던 미루나무 길이 그날은 유난히 어둡고 춥게 느껴졌다.

다음 날, 하린은 시어머니 이씨에게 강시의 병을 알렸다.

"세상에. 어쩐지 안색이 영 안 좋아 보이더라니. 쯧쯧. 이 일을 어쩌면 좋다는 말인가."

"은기나 네게 전염이나 안 되는지 그게 걱정이다. 나무 관세음보살."

잠시 생각에 잠겼던 이씨가, 마침내 입을 열었다.

"아무래도 안 되겠다. 이참에 나는 은기를 데리고 부산에나 내려갔다 와야겠구나."

"부산에요?"

"그래, 병주가 잘 있는지, 서울 올라가기 전에 한 번은 보고 가야지 싶어서. 실은 며칠 전부터 생각했던 일이다."

"그러세요, 어머니."

"어쨌거나 너 몸조심해야 한다. 산 사람은 살아야지."

이틀 뒤, 시어머니 이씨가 은기를 데리고 부산으로 떠났다. 하린은 모든 것을 다 제쳐두고, 오로지 강시를 돌볼 작정이었다.

그러나 강시는 완강했다. 모든 것을 완강히 거부했다. 결국은 약 한 첩 먹지 않고 몸져누웠다. 누워서도 약은커녕 일절 음식을 입에 대지 않았다. 물도 마다했다. 손바닥만 한 수건을 물에 적셔, 타들어가는 입에 대고 갈증을 참으며 다만 죽음을 기다렸다. 곡기를 끊어 죽기로 작정을 한 것이다.

"고집부리지 말아요. 제발 부탁이에요, 예?"

하린이 눈물을 흘리며 애원했다. 그러나 강시는 흔들리지 않았다. 몸이 마른 나무처럼 되어갈수록 그녀의 정신은 더 강해지고 더 맑아지는 것 같았다. 강시는 이불과 요도 거부했다. 죽은 사람이 덮던 이불과 요를 누가 다시 쓰고 싶겠냐며 맨 바닥에서 스스로 미라가 되어가고 있었다. 그렇게 열흘을 견디던 강시가, 갑자기 정신을 차리더니 하린의 손을 잡았다.

"⋯⋯이걸 받아요."

몸에 지니고 있던 돈을 내놓았다. 똘똘 말아 주머니에 넣은 지폐는 얼마나 되는지 무게가 제법 있었다.

"그날⋯⋯ 장에서 한씨에게 간 것이 이것 때문이었소."

눈도 제대로 뜨지 못하는 채, 간신히 모기 소리만 한 음성으로 강시가 말을 이었다.

"마마님께서 운명하시기 전⋯⋯ 당신이 지니시던 금비녀와 머리꽂이, 그리고 금가락지 한 쌍을 내게 주셨다오. 꼭 필요할 때 요긴하게 쓰라고⋯⋯. 내가 그날 그걸 한씨에게 줬지. 금방에 가져가서 좀 팔아달라고. 내가 가면 제대로⋯⋯ 금을 쳐서 받기나 하겠나 싶어서."

"강시."

"나 숨을 거두거든 장사다 뭐다 하지 말아요. 관도 쓰지 말고 그대로 화장해서…… 재는 여기다 버리지 말고 서울로 가져가줘요. 그래서 수표동 집 매화나무 아래……."

"강시……."

"수표동으로 가고 싶소. 그거 말고는 바라는 것 아무것도 없어요. 집은 폭격에 없어졌더라도 그…… 그 매화나무야 있겠지……."

힘겹게 말을 이어가며 묻는데, 하린은 대답 한마디 할 수 없었다. 가슴 밑바닥에서 솟구치는 울음을 억누를 수 없었다.

"그래도…… 우리가 무슨 인연인지 아씨가…… 나를 이렇게 보내주니. ……모녀지간인들 이렇겠소? 아씨, 전생에 아마 우리가 모녀지간이었나 보오……."

하린은 강시의 앙상한 가슴에 얼굴을 묻고 한없이 울었다. 달리 할 수 있는 게 없었다. 앙상한 강시의 손이 하린의 등을 하염없이 쓰다듬었다.

"강시, 강시가 하라는 대로 할 터이니 제발…… 나를 위해서 미음 한 수저만 넘겨봐요."

강시가 온몸에 기를 다 모아 어렵게 입을 열었다.

"……그리고 두고 보니 그…… 한 가라는…… 괜찮은 사람이요. 정 개가를 하고 싶거든…… 그렇게……."

강시는 더 말을 잇지 못하고 눈을 감았다. 너무도 힘이 드는 모양이었다. 수건을 다시 빨아 강시의 까맣게 타버린 입술을 적셨다. 그러고는 물 두어 방울을 입 새로 흘려 넣어보는데, 물은 다시 귀로 흘러내리고 만다. 가쁘게 들먹이는 강시의 가슴이 임종이 가까운 것을 말해주는 듯하여 하린은 초조했다.

"어쩐단 말인가?"

그녀는 죽어가는 강시를 눈앞에 놓고, 젊은 날의 강시를 떠올렸다. 하린이 어린 시절을 보냈던 수표동. 그곳에서의 행복했던 기억 속에는 항상 강시가 있었다.

하린의 어머니 정도 되는 나이. 키도 웬만한 남자만 했고 힘도 좋은 사람이었다. 마당의 풋대추가 채 붉은 물이 들기도 전에 그걸 따주는 사람도 강시였다. 하린을 데리고 야시장 구경을 가서는 달콤한 솜사탕을 사 먹인 사람도, 다리가 아프다고 칭얼대는 하린을 등에 업고 바람처럼 빠르게 집으로 데려와 재우던 것도 강시였다.

그녀는 하린에게 태산이요, 어머니였다.

한번은 화강 소학교 운동회 날, 어머니를 모시고 가야 했는데 강시와 가겠다고 종일 울면서 떼를 쓴 적이 있다. 낳아준 어머니 백씨는 서러울 수밖에 없었는데, 그때도 속 깊은 강시 덕에 탈 없이 그날을 넘길 수 있었다.

"아기씨, 내가 오늘 발목이 삐어서 못 가겠소. 올해는 어머니 모시고 가고, 내년 운동회에는 꼭 나랑 갑시다."

그러던 강시가 지금 마른 나뭇잎처럼 가볍고 약한 존재가 되어 하린의 앞에서 마지막 가냘픈 숨을 몰아쉬고 있다.

"가여운 강시…… 이 사람도 행복했던 때가 있었을까?"

대자대비 부처님, 강시가 다음 세상에서는 다시 여자로 태어나게 해주세요. 부디 좋은 남편 만나 사랑 듬뿍 받으며 건강하게 아들 낳고 딸 낳고 행복한 삶을 살 수 있게 해주세요.

그날 저녁, 강시가 나직하게 부탁했다. 깨끗한 옷으로 갈아입혀 달라고. 강시는 자신의 마지막 시간이 다 됐음을 아는 사람 같았다.

수건에 더운 물을 적셔 하린이 강시의 뼈만 남은 몸을 조심스레 닦았다. 지시대로 강시의 옷 중 가장 깨끗한 속옷을, 이어 무명 치마저고리를 갈아입혔다. 그러고는 머리에 물을 묻혀 곱게 빗기고, 다시 쪽을 찌는 대신 땋아서 묶었다.

그리고 잘 드는 가위로 손톱 발톱을 자르고 새 버선으로 갈아 신게 했다. 눈물이 앞을 가려 어떻게 손톱과 발톱을 잘랐는지 기억도 나지 않았다. 겨우 마음을 진정해가며 강시의 머리카락과 자른 손발톱을 준비한 백지종이에 정성껏 쌌다. 그것을 강시가 차고 다니던 주머니에 넣어두었다.

모든 작업이 다 끝났음을 안 강시가 숨을 몰아쉬며 하린의 손을 찾아 잡았다. 고개를 몇 번 끄덕이고는 다시 눈을 감았다. 더없이 평온하고 맑은 얼굴이었다.

그것이 이승에서의 마지막이었다. 강시는 이 세상에 살다 간 흔적을 하나도 남기지 않았다. 입던 옷도 쓰던 물건도 자리에 눕기 전 다 정리를 한 터였다.

흑석리 올케와 부산의 시어머니에게 강시의 죽음을 알린 것은 강시의 화장이 끝나고 유해를 절에 모신 뒤였다. 언제 눈을 감을지 모를 강시의 곁을 잠시도 떠나지 못해 전보를 치러 갈 수도 없었다. 그보다 그녀는 강시의 마지막을 혼자서 지키고 싶었다. 그것이 강시에 대한 하린의 존경과 애정의 표시였다.

그녀는 자신에 관한 어떤 이야기도 남기지 않았다. 어떻게 해서 궁으로 들어갔는지, 누구의 자식인지, 형제는 있었는지. 그 어느 것도 아는 사람이 없었다. 그러나 하린의 가슴속에 살아 있는 강시는 완전한 어머니요, 선인이었다.

고백

강시의 사십구재 입재를 마친 날. 하린은 법당을 나와 극락전이 있는 언덕을 오르고 있었다. 3월이 지났다고 하지만 산중의 날씨는 아직 쌀쌀했다. 가파른 계단을 오르는 하린의 볼이 붉게 물들어갔다. 극락전에 들어선 그녀는 차가워진 손을 입김으로 녹여 초에 불을 붙이고 정성껏 향을 피웠다. 그리고 부처님께 강시의 명복을 빌었다.

이 세상에서 누리지 못한 행복한 여자의 삶을 다음 세상에서는 원 없이 누리게 해달라고, 부처님께 빌고 또 빌었다.

지극한 축원을 마치고 법당을 나서던 하린이 놀라서 멈칫했다. 댓돌의 고무신이, 누가 손을 댔는지, 신기 좋게 밖으로 향해 가지런히 놓여 있는 때문이었다.

'스님이 여기까지 올라오셨나?'

고개를 갸웃거리던 하린은 저편 나무 아래에서 누군가 이쪽을 바라보고 있다는 사실을 알았다. 뜻밖에도 한씨였다. 처음에는 얼른 그를 알아보지 못했다. 늘 입던 검은색 물들인 유엔잠바 대신 말끔하게 양복을 차려입은 모습 때문이었다.

한씨가 피우고 있던 담배를 눌러 끄고 하린에게 다가왔다.

"놀라셨지요? 이렇게 불쑥 나타나서."

여느 때와 다름없이 밝은 표정이었으나, 긴장이 느껴지는 음성이었다.

"아, 여기는 어쩐 일이세요. 불사가 있는 날인가요?"

뜻밖에 만난 그가 반가웠다. 그립던 사람이다. 강시를 떠나보낸 지금은 더욱 그랬다. 한씨는 그간 시장에서 1년 넘게 강시를 보아온 사람이 아닌가.

한기범도 하린을 바라보았다. 시장에서 보던, 늘 몸뻬 바지에 검정 스웨터를 입고 다니던 그 하린이 아니다. 흰 치마저고리를 입고 멀찌감치 서서 자기를 바라보는 하린에게서는 감히 가까이할 수 없는 신성함이 느껴졌다

"추우실 텐데 내려가시지요. 내려가서 말씀드리겠습니다."

그렇게 말한 한씨가, 하린이 뭐라 하기도 전에 앞서서 계단을 내려가기 시작했다. 이윽고 그는 절 한편에 자리 잡은 승방 앞에서 걸음을 멈추고 그녀를 기다렸다. 이 절의 지리에 아주 익숙한

것 같았다. 하린이 그를 따라 머뭇머뭇 승방에 들어섰다. 방문을 반쯤 열어놓은 채.

방 안은 무척 따뜻했다. 화로에 놓인 주전자에서는 보얗게 김이 오르며 물이 끓고, 그 옆에는 나지막한 찻상이 준비되어 있었다. 이 사람이 혹시 파계한 승인가? 언뜻 그런 생각이 스쳤다. 승방에 앉아 찻잔을 준비하는 그의 모습이 더없이 자연스러워 보였던 것이다.

"앉으세요. 그렇게 서 계시지 말고."

찻주전자에 물을 붓던 그가 나지막이 말했다. 마지못한 하린이 멀찌감치 자리를 잡고 앉았다.

"말씀을 다 드리자면 길어요. 그러니까 오늘…… 여기서 은기 어머니와 만나게 된 것은 우연한 일이 아닙니다."

그의 깊은 눈빛과 다정한 목소리에 하린의 마음이 흔들렸다.

"아실 리가 없지만 여기 이 절에 계신 해정 스님이…… 제 누님입니다."

"몰랐어요."

"누님이 이 절에 계신 지는 오래되었어요. 그 연고로 나도 여기 대전으로 피란을 오게 된 거고요."

"……"

"누님을 통해, 우연히 알게 되었습니다. 은기 아버지 제사를 여기서 모신다는 것을……. 돌아가신 강씨 아주머니 입재일이 오늘이라는 것도 누님 덕에 알게 되었지요. 그래서…… 감히 제가 은기 어머니를 만나러 오기로 용기를 낸 겁니다."

해정 스님이라면 죽은 남편의 제사 불공도 드려주고, 이번 강시의 사십구재도 올려준 스님이다. 그분이 한씨의 누님이라니! 세상이 이렇게 좁다니! 그러고 보니 한씨와 해정 스님이 어딘가 닮은 듯 보였다.

'그런데 스님은 왜 동생에게 내 이야기를 하게 되었을까?' 알 수 없는 일이었다.

장에서 알게 되어 꽤 오랜 기간을 매일 보던 한씨였다. 그에게 신세도 많이 졌고, 은연중에 의지하는 마음도 생겨났다. 그가 혹시라도 장에서 보이지 않는 날은 궁금하고 허전했고, 눈이라도 마주치면 반가웠다.

그런 그와, 정작 이렇게 가까이 마주 앉아보기는 처음이었다. 지난해 시장에 불이 났던 날 이후로, 하린은 그와 마주치는 것을 되도록 피했다. 그가 싫어서는 아니었다. 그보다는 그를 볼 때마다 그날 밤의 기억이 그녀의 마음을 흔들리게 했고, 그런 자신이 두려워서였다.

"자, 차의 향이 좋습니다."

"예."

하린은 한씨가 건네는 찻잔을 받아들고 쌉쌀하고 향이 진한 차 한 모금을 맛보았다.

"상심이 크실 줄 압니다. 강씨 아주머니, 참 대단한 분이셨는데."

하린이 천천히 고개를 끄덕였다.

"마지막에 고생을 참 많이 했지요. 필요 이상으로."

강시가 죽음을 맞이하던, 그즈음의 이야기들을 들려주었다. 한 의원에서 결핵임을 알게 된 강시가 이후부터 음식과 물을 완전히 끊고 보름을 지내다가 숨을 거둔 이야기. 자신의 화장 비용까지 다 마련해둘 만큼 철저한 사람이었다는 이야기. 그리고 조용히 마지막 숨을 거두던 순간의 이야기까지. 한씨는 고개를 끄덕이며 묵묵히 이야기를 들었다. 세상에 강시를 알았던 그리고 기억할, 몇 되지 않는 사람 중에 한 명이 바로 그였다.

"그날 은기 어머니와 강씨 아주머니가 마지막으로 시장을 찾던 날…… 아주머니가 날 찾아오셨어요."

"……"

"웬 금붙이를 여럿 내놓으면서…… 나보고 그걸 좀 팔아달라고 하는 거예요. 급히 돈을 쓸 데가 있다고."

"……"

"속으로 걱정이 되었죠. 은기 어머니 댁에 무슨 일이라도 생긴 건 아닌가 싶어서."

그 말에 하린의 가슴이 답답해왔다. 다시 강시가 새삼 그리웠다.

"그 물건들이…… 금은방에서 흔히 볼 수 있는 그런 물건이 아닌 것 같더군요. 그래서 제가 말했어요. 돈이 필요하시면 빌려드릴 테니 그 물건은 그냥 가지고 계시는 게 좋을 것 같다고.”

“…….”

“그래도 극구 마다하며 그날 저녁으로 바로 팔아보라고 다그치는 거예요. 그래서 이거 혹시, 은기 어머니가 아주머니를 통해 물건을 팔려는 것인가 하는 생각도 들었지요. 어쩔 수 없이 금은방에 가져가긴 했는데, 역시 거기서도 귀한 물건이라고 그러더군요. 그래서…….”

한씨가 거기서 잠시 말을 끊고 깊은 숨을 들이마셨다.

“금은방에서 쳐주겠다고 하는 금액을…… 강씨 아주머니에게 드리고, 그 물건은, 내가 보관을 해두었습니다.”

‘아, 그랬구나. 그 물건을 팔지 않고 자기 돈을 대신 주었구나!’

그러는 한기범이라는 사람이 다시 보였다.

“돈이 아무리 중해도 물건에는 자기 주인이 따로 있는 법 아니겠습니까. 언젠가 은기 어머니를 만나면 돌려드려야 한다는 생각이 들었어요.”

“…….”

하린은 뭐라 할 말을 찾기 힘들었다. 뜻밖의 일이었다. 한씨의 마음 씀씀이가 다만 고마울 뿐이었다. 잠시 생각에 잠겼던 그녀가 입을 열었다.

“아닙니다. 그것은 제 물건이 아니고 강시의 것이었죠. 그리고 이제는 한 선생님 것입니다.”

"아니에요. 그런 말씀 마세요. 내가 그걸 가지고 무얼 하겠습니까? 강씨 아주머니 것이라면 더욱 은기 어머니가 지니셔야죠."

하린은 지금은 더 이상 그 이야기로 다투고 싶지 않았다. 그 금액이 얼마이든, 할 수만 있다면 한씨에게 돈을 돌려주고 물건을 돌려받고 싶은 마음이었다. 그러나 지금은 그럴 형편이 아니었다.

화롯불을 사이에 두고 차를 마시는 두 사람의 머릿속에는 각기 다른 생각이 오고갔다. 하린은 어떻게 하면 돈을 마련해서 강시의 물건을 돌려받을까 하는 생각으로 가득했고, 한기범은 어떻게 하린에게 자신의 이야기를 시작할지를 생각하고 있었다.

한동안 둘 사이를 맴돌던 침묵을 가르고 한기범이 이야기를 시작했다.

"원산이었습니다."

"……예?"

"함경남도 원산, 전쟁이 터지던 날 난 그곳에 있었어요."

"아아."

한씨의 느닷없는 이야기에 하린이 가만히 고개를 끄덕였다.

"육이오가 터지던 때, 난 그곳의 한 학교에서 미술을 가르치는 선생이었지요. 부모님과 동생은 고향에서 미처 피란을 내려오지 못하고…… 아내와 어린 아들을 데리고 급히 피란길에 올랐어요."

"……."

"아내와 아들을 한꺼번에 폭격으로 잃고, 나 혼자만 살아남아 여기까지 왔습니다. 참…… 인간이란 게 그렇게 모질어서.”

그의 긴 한숨에 아무 위로의 말도 찾을 수 없던 하린은 반쯤 열린 문으로 내다보이는 절집의 작은 정원을 망연히 바라보았다.

“김하린 씨.”

“……내가 당신을 처음 만난 것이 2년 전이오.”

하린은 차마 고개를 들어 그를 바라볼 수가 없었다.

“처음부터 나는 당신이…… 결혼은 이미 했지만 남편 없이 혼자 산 지 꽤 오래되지 않았을까 하는 추측을 했어요. 그건 당신의 분위기 때문이기도 했지만 세상 어떤 남자가 당신같이 젊고 아름다운 여자를 시장으로 내보낼까 하는 생각 때문이었소. 아니면 혹시 남편이 전쟁으로 불구가 된 사람은 아닐까 하는 생각도 했소. 그런 생각이 들 때면 나는 너무 괴로워서 잠을 이룰 수 없었어요. 그런 내가 바보 같았지만…… 당신을 향한 마음을 도저히 어쩔 수가 없었소.”

“……”

“당신을 알게 된 이후로…… 하루하루가…… 아침이면 당신을 만나는 즐거움으로, 저녁이면 남몰래 당신을 배웅하는 즐거움으로 살았어요. 혹시라도 어느 날, 당신의 남편이 갑자기 나타날지도 모른다는 불안을 느끼며…….”

“……”

“당신을 통해 나는…… 난생처음으로…… 누군가를 사랑한다는 느낌이 무엇인지를 알게 되었어요. 매일 당신을 바라보며, 당신과 함께하는 새로운 인생을 그리는 것으로…… 이 척박한 피란 생활의 어려움을 잊었습니다."

말을 끊은 그가 찻잔을 들어 식은 차 한 모금으로 목을 축인다.

하린은 온몸의 감각이 얼어붙는 것만 같았다. 귀에서 쨍, 얼음 판에 금 가는 소리가 들리는 것만 같았다. 숨을 쉴 수도, 그에게서 눈을 뗄 수도, 입을 열 수도 없었다.

심장이 고동치는 소리만 귀를 울렸다. 두려웠다. 난생처음으로 누군가를 사랑한다는 느낌이 무엇인지를 깨달았다는 그의 말. 그녀로서도 난생처음 경험하는, 어느 누구에게서도 심지어 남편에게서도 들어보지 못한 고백이었다.

강렬한 언어들이 마치 모닥불에서 튀는 불똥처럼 생생하게 그녀의 심장에 박히는 듯했다.

"하린 씨…… 나를 받아줘요. 나는 하린 씨의 어떤 것도 다 받아들일 겁니다!"

한기범은 그 말과 함께 자리에서 일어섰다. 그리고 하린을 안아 일으키며 팔을 뻗어 반이 열려 있던 승방의 문을 닫았다.

순간, 두 사람은 하나가 되었다. 뜨거운 그의 입김이 하얀 그녀의 목덜미를 붉게 물들이며 그녀를 안은 그의 팔이 강하게 그녀의 허리를 감싸 안았다.

'안 돼. 이러면 안 돼!' 소리 없는 아우성이 가슴속에서 일었지만, 그것은 마음뿐이었다.

그의 포옹은 뜨거웠고, 그의 긴 입맞춤은 부드러웠다.

"아~."

그의 가슴에 얼굴을 묻고 눈을 감았다. 이대로 시간이 멈추어 주었으면. 이렇게 행복할 수 있다는 것이 스스로 믿기지 않았다. 그 순간은 자로 잴 수 없는 시간이며 또한 영원이었다. 마음 한편에, 이 철없는 마음을 나무라는 또 하나의 자신이 그녀를 노려보고 있었다.

얼마나 시간이 흘렀을까. 밖에서 나직한 인기척이 들려왔다.

"……저녁 공양이 준비되었습니다."

나직한 음성. 그제야 꿈결에서 도망치듯, 하린이 번뜩 정신을 차렸다. 눈앞이 캄캄했다. 온몸 마디마디에 슬픔과 같은 여운이 깊이 남아 있었다.

밖은 이미 어두웠고, 마당 석등에는 등불이 환했다. 이른 봄바람에 울리는 풍경소리가 하린을 다시금 외로움과 서러움이 지배하는 명료한 의식의 세계로 돌아오게 하였다.

"저는 이만 가야겠어요."

"하린 씨……."

"오늘쯤 부산으로 가신 시어머님과 아이가 돌아올 거예요. 그리고."

"……."

"······다시는 저를 찾지 마세요. 오늘 일은······ 부디 잊어주세요."

"하린 씨. 이러지 마세요. 나를 믿어주세요. 장차 어떤 난관이 있더라도, 모두 헤쳐 갈 자신이······."

"그리고, 한 가지······ 고맙습니다. 처음으로 행복을······ 나도 행복할 수 있는 사람임을 알게 해주신 거. 그것으로 저는 족합니다. 하지만 저는, 다시는 결혼을 할 수 없는 사람입니다. 그런 운명을 타고난 여자죠. 좋은 분 만나시기를 빕니다."

할 말을 마친 하린이 빠른 걸음으로 그 자리를 벗어났다. 멀찌감치 서서 두 사람을 지켜보는 스님에게 인사를 하는 둥 마는 둥, 봉선암 일주문을 도망치듯 빠져나왔다.

마을로 내려가는 숲길은 험하고 어두웠다. 익숙지 않은 길이지만 급한 걸음을 재촉했다. 시내로 가는 마지막 버스를 놓쳐서는 큰일이었다. 버스정류장에 도착해서야 겨우 가쁜 숨을 돌릴 수 있었다. 확인해보니 아직 막차가 떠나기 전이었다.

안도의 한숨을 내쉬며 가슴을 쓸어내렸다. 그리고 고개를 돌려 한기범이 있을 어두운 산을 바라보았다. 깊은 어두움이 산과 함께 그녀의 비밀을 감싸고 있었다. 그리고 그 어둠을 뒤로하고 한기범이 그녀를 바라보고 서 있는 것을 보았다.

두 사람의 눈길이 마주쳤다. 그러나 그는 그 자리에 서서 하린을 바라만 볼 뿐이었다. 그리고 그때, 막차가 승강장으로 막 들어섰다. 하린이 도망치듯 버스에 오르자 건너편에서 그녀를 지켜보던 한기범도 빠른 걸음으로 다가와 버스에 올랐다.

그는 고개를 숙인 채 하린이 앉은 자리를 지나, 뒤편에 가서 앉았다. 승객 몇 사람을 더 태운 버스가 움직이기 시작했다. 버스가 대전 시내를 향해 밤길을 달리는 동안 하린은 뛰는 가슴을 진정하기 어려웠다. 뒷자리에 앉아 자신의 뒷모습을 애타게 바라볼 한기범의 눈길이 생생하게 느껴졌다. 일어서서 그의 옆으로 가고 싶은 충동을 억누르기 힘들었다.

오늘 밤, 단 하루만이라도 그와 함께 있고 싶었다. 단 하룻밤만이라도 그의 품에서 보내고 싶었다. 단 하루만이라도 그와 같은 운명을 맞고 싶었다. 세상 사람들 아무도 모르는 하루. 자신과 저 남자만이 아는 단 하루. 이 세상의 모든 것과 바꿔도 좋을 영원한 하루. 오늘 하루를 운명에 맡기고 싶었다.

잠든 아이가 손에 쥔 저고리 고름을 가위로 자르고 남자를 따라 도망친 과부 이야기가 문득 떠올랐다. 그 여인의 모습과 자신이 겹쳐졌다.

버스의 종착지가 가까워 오는 것이 아쉽고 야속했다. 마침내 대전 시장 앞에서 버스가 멈추었다. 파시가 된 어두운 시장 거리. 하린이 경황없이 차에서 내렸다. 아름답지만 너무도 짧은 꿈에서 깨어난 사람처럼, 생소한 거리로 발을 내디뎠다. 그녀의 뒤를, 한기범이 그림자처럼 뒤따랐다.

"하린 씨가 댁에 들어가는 것을 보고 돌아가겠습니다."

두 사람이 어두운 미루나무 길로 들어서자 한기범이 말없이 하린의 손을 잡았다. 순간 온몸에 전류가 흐르는 듯한 통증에 하린은 몸을 떨었다.

"행복합니다. 오늘 하린 씨에게 내 마음을 전한 것만으로도 큰 행복을 느낍니다. 그리고 내 마음이 하린 씨에게 통한 것 같아 또한 힘이 납니다."

한기범은 고개를 들어 밤하늘에서 빛나는 별을 보았다.

"기다릴게요. 하린 씨가 내게로 올 때까지. 하린 씨에게는 쉽지 않은 일이라는 걸 잘 압니다. 하지만 기다릴 겁니다. 언제까지고 기다릴 자신이 있습니다."

"……"

"머지않아 서울로 갈 예정이에요. 서울의 S여고에서 오라고 하니 아직 집은 정하지 않았지만, 될 수 있는 대로 빨리 서울로 갈 생각입니다."

"잘 되었군요."

겨우 어렵게 대꾸를 했다.

"그 학교가 수송동에 있다니 하린 씨 댁과도 멀지 않을 겁니다. ……강씨 아주머니와 이런저런 대화를 나누다가, 하린 씨 시댁이 계동이라는 이야기를 들었어요."

계동과 수송동. 너무나 가까운 거리다. 그가 거기에 있을 것이다. 하린이 그에게 잡혔던 손을 뺐다.

"한 선생님, 아닙니다. 그러지 마세요. 저를 기다리지 마세요."

그에게라기보다, 자기 자신에게 하는 말이었다,

"재혼은 제가 받아들일 수 있는 삶이 아닙니다. 그것이 저의 운명이라고 생각하며 살고 있어요. 그렇게 태어났고, 그런 댁으로 시집을 갔으며, 한 아이의 어미가 되었습니다. 전쟁이 모든 것을 뒤집어놓았어도 흔들릴 수 없는 것이 있어요. 저의 운명도 그런 것입니다. 그러니 저를 오늘로 잊으세요."

"하린 씨……."

"그래요. 저도 한 선생님을 사모합니다. 그러나 단지 그뿐입니다."

단호한 마지막 한마디를 남기고, 하린이 집을 향해 총총히 멀어져갔다. 어두운 마당 저편으로 하린의 뒷모습이 사라지고 나서도 한참 동안, 한기범은 하린이 사라진 그 집을 바라보고 서 있었다.

잠시 후, 어둡던 창이 환하게 밝아졌다. 그는 그제야 천천히 등을 돌리고 걸음을 떼어놓기 시작했다.

하린은 앞으로 시장에 나오지 않을 것이다. 그녀가 서울 주소를 결코 알려주지 않으리라는 것을 또한 그는 잘 알고 있다. 한 가닥 희망이 있다면 강씨의 사십구재가 이제 막 시작되었다는 사실이었다. 그러나 무엇보다 그의 가슴을 떨리게 하는 것은 하린도 자신을 사모한다는 그 말이었다.

'한 선생님을 사모합니다.'

'저도 한 선생님을 사모합니다.'

그녀로부터 그런 말을 듣게 되다니, 꿈에도 생각 못 한 일이었다. 가슴이 저리도록 행복하고 또 행복했다. 자신의 고백이 장차 어떤 변화를 가져오게 될지 확실치 않았지만, 그럼에도 다만 행복했다. 갈고 닦은 보석처럼 빛나는 말이었다.

머리 위에서는 밤하늘의 별빛이 쏟아져 내렸다.

병
주
의

결
혼

딸 병주를 만나러 부산으로 내려갔던 이씨가 돌아왔다.

"엄마아~" 한 달여 만에 어미를 보는 은기가 울음을 터트렸다.

"어머니, 아이 데리고 고생이 많으셨죠? 부산에서는 다들 안녕
하시죠?"

하린도 반가움에 눈시울을 붉히며 이씨를 향해 식구들 안부를
묻는데 이씨는 대답 대신 고개만 끄덕이며 방으로 들어가 눕는
다. 먼 길에 고단했던 때문인가, 이씨의 얼굴이 말이 아니었다.

"이제 병주는 우리 식구가 아니다."

그 한마디뿐, 머리를 싸매고 눕더니 땅이 꺼져라 한숨만 내쉬
었다.

도대체 무슨 일이 있는 것인가.

"어머니, 일어나보세요. 그러지 말고 물이라도 좀 마시세요. 이러다 큰일 나시겠어요."

하린의 성화에 할 수 없이 일어나 냉수 한 대접을 단숨에 벌컥벌컥 비운 이씨는 그러고도 분을 삭이지 못해 한참 동안 가쁜 숨을 내쉰다.

"도대체 무슨 일이……."

"이제 그것은 내 딸이 아니다. 그 망할 것이 집안 망신을 시켜도 유분수지. 아이고, 내가 죽어서 무슨 낯으로 어른들을 뵐꼬……."

이씨는 더는 말을 잇지 못한다. 병주가 무슨 일을 저지르긴 저지른 모양인데 무슨 일이란 말인가.

"어머니, 말씀을 좀 해보세요. 작은아씨가 왜……."

"말도 마라. 하이고. 내가 첫눈에 알아봤다. 그것이 애를 가졌는데……."

"어머나."

"더 기가 막히는 일이, 제가 다니던 병원선인지 어딘지에서 만난 서양 놈의 아이라는 게야. 내 기가 막혀서……. 아이고 내가 죽어야지."

하린도 입이 바싹 마를밖에 없었다. 아무 말도 거들지 못한 채 시어머니가 이야기를 이어가기만을 기다렸다.

"그것이 아주 작심을 했어. 그놈을 따라간단다. 지난가을에 대사관인지 어딘지 둘이 가서 벌써 혼인 신고까지 하고, 이제 서류만 되면 그 양놈의 나라로 따라간다는 것이야.”

이씨는 기가 차는지 재차 숨을 헐떡였다.

“이게 미친 것 아니냐? 그 모든 걸 다 알았을 텐데 숙모라는 사람들은 내게 일절 귀띔조차 안 해줬는지……. 정말이지 야속해서. 조카자식도 자식인데 그럴 수가 있나.”

“거기서들도 모르셨겠죠. 아시고야 그대로 두셨겠어요? 어머니 고정하시고요. 그런데 아이의 아버지가 어떤 사람인지……. 혹시 그 사람을 만나보셨나요?”

“봤지……. 서양 놈이니 어떤 놈인지 겉으로 봐서는 내가 알 수가 없고. 그게 문제냐? 그놈이 제 나라에 처자식이 있는 놈일지 어떨지. 병원선에서 일하는 의사라고 하더라만 병주를 그 먼 데로 데려가서 잘 사는지, 동양 여자라고 우습게 알고 살다 버릴는지 그걸 어찌 알겠니?”

“…….”

“아이고 맙소사. 남부끄러워서 내가 어떻게 얼굴을 들고 다니겠니? 양놈하고 같이 다니기만 해도 양색시라고 손가락질을 받는 세상인데 떠억 애까지…….”

신음처럼 웅얼거리던 이씨가 다시 자리에 누웠다. 힘이 들어 더 말을 하기가 어려운 모양이었다.

이 소식은 하린에게도 충격이었다. 그러나 병주라면 그렇게 저지를 수 있는 사람이었다. 서양 사람과 결혼을 하겠다고 미리 어머니께 고했다면, 이씨가 '오냐 그래라'고 했을까? 온 집안에 난리가 났을 것이다. 결국 병주는 그 사람을 포기할 수밖에 없었을 것이었다. 그러고는 깊은 슬픔과 좌절 속에 젊은 날을 가두고 말았을 것이다.

일단 일을 저질러놓고 집에 알리려고 했던 병주의 선택이, 하린은 이해가 되기도 했다.

'어머니, 작은아씨를 용서하세요. 세상 누가 어떻게 손가락질을 하더라도 작은아씨가 그 사람과 결혼해서 행복할 수 있다면……. 남들의 시선 따위야 한때 지나가는 소나기와 같아서, 시간 가면 다 사라지고 말 것입니다. 작은아씨를 너무 나무라지 마세요. 경솔하게 일을 저지르는 사람이 아님을 제가 잘 압니다.'

가슴속에서 그렇게 샘솟는 말을, 하린은 끝내 시어머니에게 건네지 않았다. 그래봐야 벼락같이 역정만을 낼 것이 불을 보듯 뻔하다.

이씨가 이부자리에서 힘겹게 돌아누우며 끄응, 앓는 소리를 냈다.

"죽어서 조상님을 어찌 볼꼬. 장대 같은 맏아들은 서른밖에 안 된 걸 앞서 보내고, 딸년은 서양 놈을 따라가 집안에 먹칠을 하겠다고 하니…… 아이고…….."

한편으로는 그리도 당돌하게 자신이 원하는 삶의 방향을 걸어가는 병주에게 박수를 보내고 싶은 심정이었다. 그 모든 소동과 비난을 무릅쓰고 자기 사랑을 지키는 병주가, 하린은 부러운 마음이었다. 자기의 뜻대로 산다는 것. 하린은 절대로 할 수 없는 일이었다.

한기범이 떠올랐다. 대전 시장에 불이 나던 그날 화염 속을 빠져나오다 벗겨진 하린의 신발 한 짝을 소중히 가슴에 품었다가 내어주던 그의 장난기 어린 얼굴. 봉선암에서 간절한 사랑을 고백하던 그의 진지하고 고뇌에 찬 얼굴.

하린은 눈을 감았다. 그가 보고 싶었다. 언제나 그 자리에서 기다릴 그에게 달려가고 싶었다.

시어머니 이씨가 부산에 다녀오고 얼마 지나지 않아서다. 병주로부터 편지가 왔다. 그간 모아두었던 돈과 함께 보내온 편지의 사연들은, 병주의 활달한 성격과 굳은 의지를 보여주고 있었다. 그녀가 남편과 함께 가는 곳은 스웨덴이라는 나라였다.

이번 여름이 끝날 때쯤 아이가 태어날 예정인데, 남편은 훌륭한 외과의사이고 집안도 좋은 사람이라고 했다. 아이를 키우며 그곳의 의과대학을 졸업해서 의사가 될 생각이며, 이는 자기 혼자만이 아니라 남편 되는 사람과 함께 약속한 것이니 아무 염려 말라고 병주는 강조했다.

'외국 사람과 사는 여자들을 흔히 양공주라고 손가락질하지만, 그런 무식한 이야기쯤 제게는 아무런 문제도 되지 않습니다. 꼭 훌륭한 의사가 될게요. 그리하여 오늘 어머니께 드린 불효를

다 잊으시도록 노력할게요. 부산을 떠나기 전, 남편과 함께 대전으로 와서 식구들을 보고 갈까 숱하게 고민했어요. 그러나 어머니가 크게 불편해하실 것 같아, 그만 아쉬운 마음을 접습니다.'

병주는 하린에게도 따로 편지를 했다. 염치없지만 어머니를 부탁한다는 내용이었다. 어려운 때에 자신의 앞날만 생각하는 게 미안하고, 착하고 현명한 새언니가 그립다고도 했다. 그리고 어떻게든 언니가 어머니를 설득해서 떠나기 전 한 번이라도 뵙게 해달라는 애절한 부탁을 했다. 은기가 크면 자기가 책임지고 데려다 공부를 시키겠다는 약속도 있었다. 편지 안에는 돈과 함께 결혼식 사진도 한 장 들어 있었다.

흰 원피스를 입고 작은 꽃다발을 든 병주. 신랑의 팔짱을 끼고 환히 웃는 그 모습이 더없이 행복해 보였다. 신랑도 지적이고 귀한 인상을 가진 인물이었다.

날짜를 따져보니 병주가 부산을 떠날 날이 얼마 남지 않았다.

'식구들까지 병주를 이렇게 죄인을 만들어서 보낼 수는 없다'고 하린은 생각했다.

다음 날, 시장에 간 하린이 옷감을 넉넉하게 떠 왔다. 그것으로 병주의 옷을 짓기 시작했다. 언제 다시 볼지 모를 시누이였다. 혼인하고 계동 집으로 처음 오던 날, 댓돌에 벗어놓은 하린의 비단신을 두 손에 받쳐 들고 졸졸 뒤를 따라다니던 어린 시누이 병주.

그녀가 이제 아무도 축복하지 않는 결혼을 하고 언제 다시 돌아올지 알 수 없는 먼 나라로 떠나간다. 그런 생각을 하니 옷을 짓는 바느질 한 땀 한 땀이 예사롭지 않았다.

연분홍 숙고사 치마에 흰 은조사 저고리, 은박 물린 자주 고름을 달았다. 참 고왔다. 꼬박 이틀이 걸렸지만 마음에 들었다. 곁에서 그 모습을 지켜보던 시어머니는 그저 모른 척했다. 웬 옷이냐고 일절 묻지 않았다. 당신의 속마음이야 오죽하랴. 그토록 믿고 사랑하던 막내딸이었으니.

시어머니를 모시고 부산으로 내려가, 마지막이 될지 모를 병주를 만날 수 있다면 얼마나 좋을까. 앞으로 세상이 좋아지면, 죽기 전에는 또 만나지겠지. 남자로 태어났더라면 참 좋았을 사람인데……

다 지어진 치마와 저고리를 반듯하게 접고는 옷이 흐트러지지 않도록 한가운데를 자주색 실로 열십자 매듭을 지어 연분홍 보자기에 정성껏 싸며 병주의 행복을 빌고 또 빌었다.

사
랑
을
위
해

며칠 전의 일이다. 아침에 잠깐 비가 내리던 날, 제사를 마친 하
린이 법당을 나서는 참이었다. 등 뒤에서 누군가 말없이 다가왔
다. 해정 스님이었다. 편지 한 장을 슬쩍 하린의 손에 쥐여 주었다.

한기범의 편지였다. 절 마당 한 귀퉁이에 앉아 조심스럽게 편
지를 열었다. 지극히 간단한 내용이었다.

곧 대전을 떠납니다.

말씀드렸듯 서울 S고에서 교편을 잡을 생각이지요.

꼭 한번 뵈었으면 합니다.

그리고 만나기로 한 날이 오늘이다. 다행히 이씨도 마음을 돌

려 마지막으로 병주를 만나러 부산으로 가고 없었다. 한국을 떠날 날이 정해졌으니 그 안에 어머니를 마지막으로 꼭 뵙고 싶으니 며칠이라도 함께 지내다 떠나게 해달라는 병주의 간곡한 편지를 받고서였다.

강시의 다섯 번째 제사가 있던 다음 날, 하린은 홀가분한 마음으로 봉선암 갈 채비를 했다. 정성껏 머리를 빗어 쪽을 찌고 연한 연두색 치마에 미색 저고리로 갈아입었다. 오늘이 한기범을 보는 마지막 날이 될 터였다. 홀가분하면서도 허전한 마음 또한 어쩔 수 없었다.

버스를 타고 봉선암으로 가는 동안, 하린은 내내 그를 마음에서 떼어놓지 못했다. 그에게 미안했다. 어떤 식으로건 속죄를 해야 할 것만 같은 부채감에 내내 마음이 무거웠다.

그 사람은 왜 하필 나 같은 여자를 마음에 두었단 말인가? 늘 말없이 그녀를 지켜봐주던 사람. 어쩌다 눈길이 마주치면 그 큰 눈이 반이나 감기도록 웃음을 감추지 못하던 사람. 그의 품에 안기고 싶었다. 그의 거친 뺨을 쓸어주고 싶었다. 단 하루만이라도 그와 같이 시간을 보내고 싶었다.

친정어머니 백씨를, 하린은 생각해본다. 열일곱 살에 마흔이 넘은 남편을 만난 어머니. 그러나 층층시하에서도 늘 모양을 내고 몸을 가꾸었으며 한시도 영감님 곁을 떠나지 않았다.

어머니는 여인으로서 행복한 사람이었다. 하린이 과부가 되었을 때, 가장 슬퍼한 사람이 바로 어머니였다.

단 하루의 파행. 앞으로 남은 길고 긴 나날 속에서, 그 단 하루조차 내 것이 될 수 없단 말인가? 무엇을 위한 정절이란 말인가?

그러나 두려운 것은 정절을 지키지 못하였다는 사실 자체가 아니다. 정말로 두려운 것은 그 하루의 파행 뒤에 따라올 후회였다. 그로 인해 어쩔 수 없이 안게 될 자책과 남몰래 짊어지고 살아야 할 비굴함이었다.

버스를 내려 봉선암 쪽을 바라보았다. 한기범은 벌써 와서 기다리고 있을 것이다. 산사로 가는 길로 접어들어 얼마를 걸었을까. 하린은 등 뒤에서 다가오는 인기척을 느꼈다. 자신임을 알리듯 얕은 잔기침을 하며 한기범이 하린의 곁으로 다가왔다.

"놀랐나요?"

"아…… 아니요."

"버스 정류장에서부터 내내 뒤쫓아 왔어요. 언제 돌아볼까 기다리면서."

"몰랐네요. 절에서 기다리실 줄 알고, 서둘러 걷기만 했지요."

"듣기 좋은 말이군요."

"……."

"기다리는 나를 보려고 그토록 걸음을 재촉했다는 것이."

하린도 얼굴을 붉히며 웃을 수밖에 없었다.

인적 드문 산길. 이른 봄날이었다. 두 사람이 함께 걷는 것만으로도 부족함 없이 충만한 시간이었다.

"저어, 해정 스님 말씀인데……."

무안한 하린이 슬그머니 화제를 돌렸다.

"어쩌다가 출가를 하셨는지 궁금해요. 무슨 사연이 있으시기에."

"누님은…… 우리 삼 남매 중에서 맏이죠."

한기범이 짧게 한숨을 뱉어냈다.

"황해도 해주로 일찍 시집을 보냈어요. 해주에서 손꼽히는 지
주 집안의 장손이었는데, 결국은 아이를 낳지 못해서 시집에서
나오게 됐죠."

"저런."

"견디다 못해 친정으로 돌아왔더니만, 우리 아버지가 다시 시
댁으로 돌려보낸 겁니다. 너는 조씨네 사람이니 죽더라도 조씨
댁에서 죽어야 한다고. 그렇게 시집과 친정을 오가다가 지친 누
이가, 어쩔 수 없이 절로 들어간 것이죠."

"그런 일이 있었군요."

"비극입니다. 누이는 재주가 많은 사람이었어요. 부모님들이
일찍 시집을 보내는 바람에 그 날개가 꺾인 사람이지요."

"……."

"우리는 지금까지 공자에 얽매여 산 겁니다."

한기범의 목소리에 힘이 들어가 있었다.

"죽은 공자가 산 사람을 옭아매고, 결국은 인간성을 부정하도

록 만들어놓은 것이죠. 불사이군, 일부종사, 가문의 명예……. 난 그런 것 믿지 않습니다."

마치 하린이 들으라는 듯한 한기범의 말이었다.

하린은 얼른 대꾸할 말이 생각나지 않았다. 다만 생각만이 깊어졌다. 인간성을 부정한다는 것. 얼른 그 말의 의미가 와 닿지 않았다. 인간성이란 무릇 '사람다운 것'을 말할 터인데…….사람답게 사는 것은 과연 어떠한 것일까?

사월 중순을 넘긴 날씨가 제법 따듯했다. 산비탈에 드문드문 핀 진달래의 연분홍빛이 아름다웠다. 절집이 가까워오고, 한동안 말이 없던 한기범이 입을 열었다.

"하린 씨, 오늘 내가 꼭 뵙자고 한 것은 청이 있어서예요. 저로서는 절실한 청이니 부디 들어주셨으면 합니다."

"……그게 무엇인가요."

"하린 씨를 그려보고 싶습니다."

"저를 그린다고요?"

"하린 씨를 화폭에 담고 싶습니다. 진심입니다. 거절하지 말아주세요."

그의 표정에서 더없는 간절함이 느껴졌다. 그러나 하린은 망설일 수밖에 없었다. 그의 말은 너무나 뜻밖이었고 간곡했다.

"저를…… 그려봐야 무엇에 쓰신다고…….."

"하린 씨는 참 아름다운 분입니다. 진심입니다. 오늘 이렇게 고운 치마저고리까지 입으시니 정말 아름답습니다. 그림을 그리는 사람이라면, 누군들 이런 하린 씨를 그려보고 싶은 마음이 생기지 않겠습니까."

"무슨 그런 말씀을."

"오래전부터 꿈꾸어왔던 일입니다. 하린 씨의 섬세한 아름다움을 꼭 그려보고 싶습니다. 다만 그뿐입니다. 허락해주세요."

하린이 생각에 잠겼다. 이 일을 어쩔 것인가.

그의 청을 들어주기로 마음을 먹었다. 태어나서 처음으로 사랑을 느낀 남자에게, 그녀가 해줄 수 있는 유일한 선물일 터였다.

점심 공양을 막 끝낸 시간이었다. 산사는 봄의 햇살 아래 고즈넉했다. 가벼운 바람에 흔들리는 풍경 소리가 절간의 적막과 어울려 더욱 청아하게 들렸다. 미리 자리를 보아둔 듯, 한기범은 승방 뒷마당으로 하린을 데리고 갔다.

이제 막 꽃망울을 터트린 진달래가 보이는 곳에 의자 하나를 가져다 놓고, 그 건너편에는 이젤을 세우고 캔버스를 놓았다.

"저쪽으로 가서 편하게 앉으세요."

하린은 그가 가리키는 곳에 자리를 잡고 앉았다. 한기범이 등 뒤로 다가와 하린에게 무언가를 내밀었다. 앙증맞은 금 뒤꽂이였다. 나비 날개처럼 생긴 머리 부분에 푸른 비취가 박힌 뒤꽂이. 고모님이 직접 하신 것을 본 적은 없지만, 아마도 강시가 그에게 넘긴 물건 중 하나임을 하린은 직감할 수 있었다.

"꽂아드릴게요."

하린이 뭐라 하기도 전에, 그는 한 손으로 가볍게 하린의 정수리를 잡았다. 이어 다른 손이 하린의 뒷머리에 뒤꽂이를 꽂았다. 그의 강한 체취와 부드러운 손길이 하린의 얼굴을 붉어지게 했다.

다시 캔버스 앞에 돌아온 한기범이 그녀를 정면으로 보았다. 홍조를 띤 그녀의 모습은 실로 눈부실 지경이었다.

"좋습니다. 이제 편히 앉아 계세요. 그러면 됩니다. 뒷머리 장식이 보이도록 몸을 조금만 돌리고…… 예, 그렇게…… 좋습니다."

하린은 그가 시키는 대로 의자에 앉아, 저편의 꽃이 진 매화나무를 바라보았다. 수표동 마당에도 늙은 매화나무가 있었지. 분홍 꽃망울을 터뜨릴 때면 늘 마음이 설레었는데. 강시는 왜 그 매화나무 아래로 돌아가고 싶다고 했을까. 재가 되어서라도 돌아갈, 어떤 추억이 강시에게 있었을까.

얼마나 지났을까, 한기범이 붓을 내려놓으며 밝게 말했다. 시종 들뜬 얼굴이었다.

"하린 씨, 무슨 생각을 그리 골똘히 해요?"

"강시를 생각하며 저 매화나무를 보았어요."

"잠깐 쉬었다 합시다. 가만히 앉아 있는 거, 생각보다 쉽지 않죠? 잠시 계세요. 차를 좀 만들어올 테니."

잠시 후, 그가 찻주전자와 찻잔 둘을 손에 들고 돌아왔다. 적당히 식은 차가 마시기 좋았다. 차를 마시며 잠시 쉬더니, 한기범이 다시 서둘러 이젤 앞으로 다가갔다. 하린도 그녀가 앉았던 자리로 가 다시 자리를 잡았다. 하린과 캔버스를 번갈아 응시하며 빠르게 붓질을 해가는 그는 완전히 그녀가 알던 한기범과는 다른 사람이었다.

얼마나 지났을까. 오후가 깊어지고 있었다. 캔버스에서 벗어난 한기범이 수건에 손을 닦았다. 열정에 지친 그 얼굴이 아름다웠다.

"애 많이 쓰셨어요. 생각보다 작업이 잘 진행되었습니다."

"이제…… 끝난 것인가요."

"오늘은 이 정도만 합시다. 저는 그림을 더 손봐야 하니, 오늘은 먼저 내려가세요. 시간이 되는 대로 한두 번만 더 시간을 내주시면 작업을 마칠 수 있겠어요. 그보다 자주 오실 수 있으면 더욱 좋지만……."

"수고하셨어요. 한 선생님"

"제가 좋아서 하는 일입니다. 오랜만에 창작의 즐거움을 느껴보는군요. 덕분입니다."

하린이 일어서자 한기범이 백지에 싼 물건을 내밀었다. 금비녀와 가락지였다.

"내겐 소용이 없는 물건입니다. 하린 씨에게 어울리는 물건이지요. 주인에게 돌려드리고 싶어요."

"염치없는 일입니다. 강시에게 큰돈을 주셨던데 제가 어떻게 이걸 그냥 받겠어요. 잘 보관하고 계시다가, 이다음에 이것을 찾으러 가면 그때……."

"하린 씨, 제 마음입니다. 드리고 싶어 드리는 것입니다."

"그래도……."

"누가 압니까? 시간이 지나고 나면 이 물건이 우리 두 사람의 물건이 될지."

"……."

"그래요. 아직도 난 그런 날이 있을 것이라는 희망을 버리지 않고 있습니다."

하린은 정색을 하고 한기범을 바라보았다. 그를 단념시켜야 한다는 생각이 무겁게 가슴을 짓눌렀다. 이 사람을 어쩌면 좋을까. 어떻게 하면 이 사람을 단념시킬 수 있을까.

더는 그에게 죄를 짓지 말자는 생각에 하린은 그로부터 받은 물건을 슬그머니 앉았던 의자 위에 내려놓았다. 그러고는 그의 눈길을 피하며 말했다.

"……모레 아침에 다시 뵙겠습니다."

뒤도 돌아보지 않고 산을 내려와 집으로 온 하린은 후회와 안도가 교차하는 혼란스러운 긴 밤을 보내야 했다.

아, 정말 이것으로 나는 다시 깊은 바다 밑에서 잠을 자는 긴 세월을 보내야 하는가? 그렇게 살아야 하는 것이 나의 운명인가? 아니다, 그 운명이란 내 스스로가 만든 족쇄에 지나지 않는 것이다. 난 그 족쇄를 내 손으로 풀 수도 있다. 그 순간 노기에 찬 얼굴로 자신을 노려보는 남편과 시댁의 어른들, 고모님, 그리고 울며 따라가겠다고 매달리는 은기의 얼굴이 떠올랐다.

"시장에서 장사하다 만난 사내하고 바람이 나서 자식도 버리고 나간 여자!"

"양반이 무슨 소용이며 가문이 다 무슨 소용인가? 저 여자가 충의공의 종손부며 정화당의 조카딸이라며?"

"남자를 따라 자식도 버리고 간 여자의 딸을 어떻게 며느리로 맞는단 말이냐? 여자 팔자는 그 친정어미를 닮는단다."

빗발치는 비난이 그녀의 가슴을 할퀴고 지나간다.

"은기를 버리고까지 그놈을 따라가야 했소? 그레 행복하오?"

눈을 부릅뜬 남편의 노기 어린 음성이 들리는 듯하여 식은땀이 났다.

하린은 이틀 후로 약속한 날 한기범을 만나러 봉선암으로 가지 않았다. 강시의 남은 제를 지내는 동안 되도록 은기를 데리고 다녔고, 한기범 또한 하린을 만나러 절을 찾지 않았다. 단지 해정 스님만이 제를 올리러 오는 하린을 맞이할 때면 간절히 부처님의 가피를 빌어줄 뿐이었다.

제 3 부

이
슬
이

지
듯

급하게 짐을 꾸리고 표를 구하여 공항에 도착하니 오후 2시, 비
행기가 활주로를 벗어난 시간은 4시 40분이었다. 어머니가 위급
하다는 연락을 받은 지 만 하루가 지나고 있다. 갑작스러운 소식
이었다.

"호흡곤란이 오면서 쓰러지셨어. 그런 일이 없었는데……. 일
하는 아주머니가 바로 구급차를 불러서 응급실로 가셨고……. 나
도 지금 연락을 받자마자 알리는 거야."

비행기 창문 밖으로 까마득히 멀어지는 도심지 풍경을 내려다
보며, 은기는 생각에 잠겼다. 바로 어제, 국제전화 저편에서 들리
던 외사촌언니의 목소리가 아직 귀에 생생했다.

방금 전, 출국장으로 나서기 전에 다시 한 번 통화를 했다. 병원

측의 말로는 상태가 별로 좋지 않다는 것이다. 아직 육십도 안 된 어머니. 갑자기 무슨 일이란 말인가? 은기는 마음속으로 빌고 또 빌었다.

'엄마, 제발 힘을 내요. 곧 갈게요. 조금만 더 버텨주세요.'

늘 몸이 약한 어머니였다. 생전 살이 쪄본 적이 없는 분이었다. 잠숫는 것도 신통치 않았다. 그래도 큰 병은 없으셨는데 갑자기 호흡곤란이라니. 비행기 안에 갇혀 있는 자신의 입장이 그저 답답하기만 했다. 마음은 벌써 서울 거리를 달리고만 있었다.

학교를 졸업하던 다음 해, 대학 때부터 붙어 다니던 남자와 결혼을 해서 유학 시험을 함께 보았다. 바로 그해 어름, 서울을 떠나 미국으로 왔다. 엊그제 일 같은데 그새 5년이란 세월이 흘렀다.

그동안 한 번도 어머니를 보러 가지 못했다. 아이까지 세 식구가 서울을 다녀오려면 웬만한 집 한 채 값이었다. 돈도 돈이려니와, 은기도 아이 낳느라고 1년 가까이 중단했던 공부를 빨리 끝내야 했다. 더구나 실험실 조교는 방학도 없었다. 하루하루가 전쟁 같은 나날이었다. 폭풍우 몰아치는 들판에 맨몸으로 내몰린 듯한 나날이었다.

가끔씩 주고받는 편지에는 그저 잘 지내신다는 말씀뿐이었다. 덕분에 크게 걱정하지 않고 지내왔다. 어서 공부가 끝나기만을 바랐다. 서울로 돌아가기 전에 어머니를 모셔다 함께 여행도 다니고, 그간 못 했던 딸 노릇을 하는 날이 어서 오기만을 바랐다.

그런데 이게 무슨 일인가. 은기가 미국으로 떠나던 날. 어머니는 비행장에도 나오지 않으셨다. 사돈댁 식구들 앞에서 눈물을 보일까 봐 두려웠던 것이다.

"집에서 배웅하나 비행장에 가나 마찬가지 아니냐. 몸도 안 좋고."

그렇게 말씀하던 어머니의 눈은 벌써 전날 밤의 눈물로 퉁퉁 부어 있었다.

"몇 년만 고생하면 돼. 엄마만 건강하게 계세요."

유학 오고 1년 정도 지난 무렵, 그때 어머니가 보내온 편지 한 통이 지금도 기억에 생생하다. '서랑(사위) 보오소'로 시작하는 어머니의 편지는 한 편의 시와 같았다.

서랑과 은기 떠나고

적막강산에 들리느니 새 소리뿐이오.

은기 좋아하던 마당의 앵두를 따서

은기 좋아하던 그릇에 담아

상에 놓고 보니

더욱 그대들 생각이 간절하오.

해마다 열리는 앵두이니

서너 번만 더 열리면

서랑과 은기를 만나겠지 하며

그날을 기다린다오.

일곱 시간째 비행 중이다. 승객들은 대부분 잠이 들고 엔진 소리만 이어지는 기체 안. 짬을 내어 읽으려고 가지고 온 논문을 꺼내들었지만 글자 하나 눈에 들어오지 않았다. 어머니와 지낸 나날들이 두서없이 떠오를 뿐이다.

은기는 차라리 눈을 감았다. 그녀에게 어머니에 관한 기억은, 대부분 외롭고 쓸쓸하고 마음 아픈 것들이었다. 외동딸이 대개 그렇듯, 어렸을 적에는 그렇게 엄마 치마꼬리에 매달려 살았다. 그리고 사춘기가 되면서부터는 또한 대개 그렇듯, 엄마와 점점 멀어져갔다. 무엇보다 '엄마 혼자 있는 집'이 싫었다. 그래서 학교가 끝나면 늘 친구들 집으로 가곤 했다. 밖에서 시간을 보내며 놀다가 저녁 늦게야 마지못해 집으로 간 적도 많았다.

친구들 집에 가면, 여러 형제들이 웃고 떠들고 싸우고 시끌벅적한 분위기가 좋았다. 그러는 자식들을 향해 마구 소리치며 야단도 치고 욕을 하던 친구의 어머니도 좋았다.

은기는 교복을 입고 어머니와 단둘이 아버지의 제사를 지내러 가던 슬픈 기억을 떠올렸다. 학교를 끝내고 아무리 서둘러도 절에 도착하면 늘 해가 질 무렵이었다. 어둡고 인적 드문 법당에 울려 퍼지는 스님의 독경 소리는 그 자체로 서러웠다. 독경을 하던 스님이 떼구루루 하는 소리와 함께 목탁을 끝낼 때면 저절로 눈물이 났다.

얼굴도 모르는 아버지가 그리워서는 아니었다. 초겨울 해 질 무렵의 산사가 그처럼 쓸쓸했으며, 스님의 독경은 사람의 마음을 서럽게 만드는 무엇이 있었다.

제를 마치고 나면 아버지의 위패를 들고 스님을 따라 절 마당의 석탑을 돌았다. 은기로서는 견디기 어렵도록 싫은 시간이었다.

"왜 아버지의 제사를 꼭 절에서 지내요? 다른 제사는 다 집에서 지내면서."

은기가 불평을 하면, 어머니의 대답은 언제나 똑같았다.

"아버지는 한이 많은 사람이다. 스님의 독경이 젊은 나이에 돌아가신 아버지의 원혼을 달래드리는 거란다."

은기에게 아버지란 원래부터 '없는 사람'이었다. 집안 어른들이 하는 이야기들을 통해 어떤 사람이었는지 그려볼 뿐, 아버지에 대해 직접적인 기억이란 있을 리 없었다. 그래서 아버지를 그리워한 적 또한 없었다.

혼사 이야기가 오간 이후로 식을 올리기까지 몇 년 동안이나 어머니를 기다리게 했다는 사연을 접할 때면, 아버지가 매우 우유부단하고 무책임한 사람이었을 것 같다는 생각이 들었다. 철이 들면서부터는 '얼마 살아보지도 못한, 살려고 애만 쓰다'가 간 젊은 아버지가 불쌍하다는 생각이 들기도 했다.

은기에게 집이란 늘 쓸쓸하고 외롭고 그늘진 곳이었다.

"난 학교 졸업하는 바로 다음 날 결혼식 올릴 거야."

입버릇처럼 하던 그 말 속에 '집'에 대한 그 같은 감정이 깊숙이 자리하고 있었음은 물론이다. 말처럼 학교를 졸업하던 다음 해에 사귀던 남자와 결혼을 했다. 그러나 형제가 많은 시댁에는 은기 부부가 있을 방이 없어 결국은 유학을 갈 때까지 어머니가 계시는 가회동 친정에 남편과 함께 들어가 살았다.

어머니는 새 사위를 끔찍이 사랑했다. 식구가 늘어난 이후, 어머니의 하루는 사위의 아침 밥상에서 시작해서 저녁 밥상으로 끝날 지경이었다. 은기로서는 생전 먹어보지도 못한 음식들을 만들기도 했고, 사위가 밖에서 저녁을 먹고 오는 날이면 다음 날은 더 공을 들여 음식을 장만하곤 했다.

원래 어머니의 음식 솜씨는 유명했다. 중·고등학교 시절, 매 학년 초가 되면 담임선생님이 반 아이들의 집을 일일이 찾아가 부모님을 만나곤 했다. 소위 '가정방문'이었다. 가정방문 일정이 잡히고 선생님이 오실 때면, 어머니는 화전을 지지거나 송편을 빚고 떡 빛깔과 어울리는 앵두나 복숭아로 화채를 준비하셨다가 선생님을 대접했다. 어머니의 떡과 화채는 늘 곱고 맛이 좋았다. 그러니 사위가 집으로 오고부터는 어머니의 부엌은 매일이 분주한 잔칫날이었다.

어머니의 새로운 행복은, 그러나 겨울 햇살같이 짧은 것이었다. 은기 내외가 겨우 1년을 함께 살고 유학을 떠났기 때문이다.

모르긴 몰라도 그 이후, 어머니의 부엌 역시 그 잔칫날 같던 온기를 잃었으리라.

어머니는 왜 다시 결혼을 하지 않았을까? 사춘기를 지나며 은기를 가장 고통스럽게 만들었던 의문이었다. 젊고 예쁜 어머니가 일생을 혼자 외롭고 힘들게 살아가고 있다는 것을 이해할 수 없었다.

나 때문일까? 아직도 아버지를 사랑해서? 아니면 주변의 시선 때문에?

"아이구, 네가 고추 하나만 달고 나왔더라면 얼마나 좋았으랴……. 풀각시 같은 너 하나 바라보고 사는 네 어미 불쌍한 줄 알아야 한다. 알았니?"

어렸을 적 집안 어른들로부터 들었던 말은 은기의 마음속에 오래도록 비수 같은 것으로 남아 있었다. 아들도 아닌 딸 하나를 바라보고 사는 어머니를 딱하게 여기는 시선들. 엄마 앞에서 그런 소리를 듣는 것도 싫었지만, 그런 한심한 이야기를 수도 없이 들으면서도 아무 대꾸를 하지 않는 엄마가 더 싫었다.

엄마도 정말 그렇게 생각하는 걸까. 아들도 아닌 딸 하나를 바라보고 사는 스스로를 가엾게 여기는 것 아닐까.

은기가 아직 초등학교 2, 3학년밖에 되지 않았던 때다. 아버지의 큰고모가 되시는 대고모 할머니가 그 비슷한 말을 했을 때, 은기가 그 대고모 할머니를 똑바로 보며 대든 적이 있다.

"대고모 할머니, 난 이다음에 공부도 많이 하고 아주 똑똑한 사람이 될 거예요. 대고모 할머니댁 아저씨들보다 훨씬 더 똑똑한 사람이 될 거예요."

대고모 할머니댁에는 아들이 여럿 있었는데, 아들 한 명은 정신이 오락가락해서 다니던 학교도 그만두었고, 속아서 그런 남편과 결혼했다고 생각한 그 아내가 나중에는 어린 아들을 데리고 친정으로 가버리고 말았다. 또 다른 아들 한 명은 춤바람이 나서 동넷집 여자와 종적을 감추기도 했다.

그런 대고모 할머니께, '할머니댁 아들들보다 더 똑똑한 사람이 되겠다'고 했으니 어른들 사이에 분위기가 이띠했겠는가.

'계집아이가 재주가 많고 입이 재면 화가 따른다'고 입버릇처럼 말씀하시던 할머니는, 삼촌이 미국에서 공부를 마치고 돌아와 결혼하자 곧장 삼촌 댁으로 가셨다. 삼촌이 할머니를 모셔간 것이다. 떠나시면서 할머니는 엄마에게 말씀했다.

"너도 할 만큼 했다. 이제 윗대 제사 모두 둘째네로 모셔갈 터이고 나도 그리로 가니, 너도 좀 편히 살아라. 네가 가진 것만 탈 없이 지니고 있으면 너희 둘이 지내는 데는 어려움이 없을 거다."

할머니가 떠나간 자리는 너무도 컸다. 할머니의 시원한 웃음과 거침없는 잔소리와 꾸지람만 없어진 것이 아니었다. 수시로 할머니를 뵈러 오던 대소가 사람들의 발길도 자연히 멀어졌다.

제사 때 모이던 집안사람들도 더 이상 은기네를 찾지 않았다.

그야말로 세상에 어머니와 은기, 둘만 남은 셈이었다. 다시 말해 어머니를 버텨주던 종부 노릇이 그렇게도 빨리, 그렇게도 허무하게 끝난 셈이었다.

"나도 충의공 할아버지 제사 모실 수 있다고!"

허탈해하는 엄마를 향해 은기가 화를 내자, 어머니는 이렇게 타일렀다.

"너는 이다음에 시집가서 네 시댁의 제사나 잘 받들어라."

어머니는 누구도 원망하지 않았다. 어머니에 의하면 제사는 삼촌께로 가는 것이 당연했고, 우리가 이렇게 편하게 살 수 있는 것도 다 할머니가 남은 재산을 잘 처리해주신 덕분이었다.

그런 엄마가, 은기는 답답했다. 할머니가 삼촌 댁으로 가신 후로도 한동안, 어머니는 할머니가 계시던 안방을 그대로 두었다. 텅 빈 할머니 방을 볼 때마다 은기는 섭섭한 마음이 드는 것이었다.

"아들이면 최고인가? 우리랑 훨씬 더 오래 사셔놓고……."

저녁이 되어도 어머니는 불을 잘 켜지 않았다. 전기를 아낀다고, 당신이 계신 방에만 겨우 불을 밝혔다. 그래서 집은 늘 어두웠다. 온 세상이 봄이어도 은기네는 늘 겨울이었다. 은기는 그런 집이 싫었고 때로는 그런 집에서 소리 없이 지내는 어머니마저 싫었다. 고등학교에 입학을 하던 무렵부터, 은기 안에 찾아온 아픈 질병이었다.

그런 어머니가 지금 사경을 헤매는 중이다. 어머니가 갑자기 눈을 감는다면, 내 스스로를 어떻게 용서할 것인가? 쉴 새 없이 엔진 소리를 내며 허공을 질주하는 비행기 안. 은기는 별안간 참을 수 없도록 갑갑함을 느꼈다. 벌떡 일어나 소리치고 싶은 충동이 일었다.

"안 돼, 엄마. 이렇게 가시면 안 돼."

기도하듯 그렇게 중얼거려본다.

"내가 잘 해드릴게요. 그러니 제발 힘을 내세요."

공항에서 바로 병원으로 달려갔다. 응급실의 어머니는 여전히 의식이 없었다. 젊은 수련의가 반쯤 조는 얼굴로 공기주머니에 바람을 넣으며 어머니 호흡을 돕고 있었다.

"환자가 너무 늦게 오셨어요. 때를 놓친 거죠. 힘들 것 같습니다. 마음의 준비를……."

"선생님, 방법이 없을까요?"

"죄송합니다. ……응급실에서 할 수 있는 일이 없으니 병실로 옮기는 것이 나을 것 같습니다. 환자 본인도 그렇고, 보호자분들을 위해서라도."

응급실은 심하게 열악한 환경이었다. 멀쩡한 사람이 들어와도 병에 걸려서 나갈 지경이었다. 난장판 같은 응급실에서 그나마 아늑한 병실로 옮기고 나서야 겨우 한숨을 돌렸다.

그제야 어머니를 제대로 바라볼 수 있었다. 검고 숱이 많던 어머니의 머리칼이 많이도 변했다. 많이 엉성해졌고 흰 머리도 더러 보였다. 야위고 늙은 모습의 어머니를 바라보며 연세를 헤아려본다.

쉰여섯. 아직 환갑도 안 된 나이다. 자꾸만 새 나오는 울음을 참으며 은기는 엄마의 뺨을 어루만졌다.

"엄마, 나 왔어요. 눈 좀 떠봐요. 내가 엄마 꼭 낫게 해드릴 거예요. 조금만 더 나으면 엄마를 집으로 모시고 가서 내가 지킬 거예요. 엄마, 꼭 일어나셔야 해요."

그러자 놀라운 반응이 있었다. 어머니의 눈가를 타고 눈물 한 줄기가 흘러내린 것이었다.

"엄마, 저예요! 은기 왔어요! 정신이 드세요?"

기가 난 은기는 급히 간호사를 불렀다. 아무 의식이 없던 환자가 눈물을 보였다고. 의식이 돌아오고 있는 것 아니냐고. 그러나 그뿐이었다. 그로서 마지막이었다.

다음 날 새벽, 어머니는 숨을 거두었다. 은기에게 아무 말도 남기지 않은 채.

어머니의 초상화

어머니의 임종 소식을 듣자마자 급히 귀국한 남편은 장례가 끝나자 곧바로 돌아갔다. 학교 일도 그렇지만 이제 겨우 두 돌이 지난 아이를 남의 집에 맡기고 온 터였다. 남편도 가고, 장례 기간 동안 와 있던 집안 어른들도 모두 돌아가고, 어머니 혼자 사시던 집안에는 참을 수 없는 정적만이 가득했다.

은기가 마음을 달래며 어머니의 유품을 정리하기 시작했다. 물건들은 어머니의 성품처럼, 자로 잰 듯 반듯하게 같은 크기로 접혀서 서랍과 장롱 속에 가지런히 정리되어 있었다. 깨끗하게 보관되기는 했지만 너무 오래되고 낡은 것들뿐이었다.

'다 태워서 정리해야겠구나.'

어머니가 늘 닦고 호두 기름을 먹이던 화류 이층장을 열었다.

어머니의 오래된 치마저고리들이 가득했다. 맞으면 입고 싶을 정도로 아직도 색이 고운 옷도 있었다.

은기가 미국에 도착하던 첫해, 어머니 생신에 보내드렸던 까만 핸드백이 보였다. 아끼느라 한 번도 사용을 안 하셨는지, 백은 새 것 그대로였다.

핸드백 안에는 그간 은기가 보낸 편지들이 차곡차곡 들어 있었다. 지난날 자신이 쓴 편지들을 한 장 한 장 읽기 시작했다. 편지에는 자기 사는 이야기보다는 늘 어머니 걱정이 많았다. 잘 자고 잘 잡수시라는, 잠이 안 올 때는 수면제라도 먹고 자야 한다는 이야기들. 미국에 자리 잡은 지 얼마 되지 않아서 써 보낸 편지들에는, 지금 입장에는 우스운 사연들도 적지 않았다. 식료품점이 학교 운동장만 하다는 이야기. 그 귀한 치즈가 매장마다 가득해서 놀랐다는 이야기. 소고기를 고르다가 빛깔이 제일 좋아 보이는 것을 샀는데 알고 보니 소금에 절인 고기라 짜서 먹지 못했다는 이야기들. 사위가 땅콩을 좋아한다고 어머니가 소포로 땅콩 한 말을 보낸 적이 있는데, 그때 편지도 있었다. 여기는 땅콩 나라이니 땅콩은 보내지 말라고.

꺼냈던 옷들을 다시 넣으려던 참에 장 한쪽 구석에 깊숙이 감추어진 물건에 눈길이 갔다. 백지에 고이 보관한 물건은 두꺼운 종이를 말아 놓은 것과 약상자였다. 상자에는 '뇌신'이라는 글자가 적혀 있었다. 뇌신. 어머니가 머리가 아프면 늘 잡수시던 약이다.

약상자를 열어보았다. 상자 안에는 은기가 생전 보지 못했던 금 장신구들이 거기 들어 있었다. 섬세하게 세공된 머리꽂이와 비녀, 그리고 가락지 한 쌍. 웬 금붙이일까?

범상치 않은 물건들이었다. 비녀도 보통 비녀보다 크고 섬세한, 꽃문양이 가득 새겨진 것이었다. 뒤꽂이는 나비 날개 모양에 초록빛 비취가 촘촘히 박혀 아주 귀한 것인 듯했다. 가락지도 묵직했다.

늘 말씀하던 정화당 할머니가 어머니에게 주신 물건인가? 어머니는 왜 이 물건들에 대한 이야기를 한 번도 하지 않았을까? 이번에는 둘둘 말린 종이를 조심조심 펴보았다.

그림이었다. 누군가 직접 연필 스케치한 인물화 한 점. 그림 속의 젊은 여인은 뜻밖에도 어머니를 닮아 있었다. 다시 보아도 틀림없는 어머니였다.

어머니를 누가? 누가 어머니를 그렸단 말인가? 은기의 가슴이 뛰었다. 마치 그 존재조차 모르던 비밀의 정원에 막 들어선 듯 설레었다.

그림 속 여인은 비단 치마저고리를 입고 의자에 비스듬히 앉아 먼 곳을 바라보고 있었다. 머리에 꽂은 비녀와 뒤꽂이가 눈에 들어왔다. 영락없이 방금 전 상자에서 본 바로 그 물건들이었다.

그림 귀퉁이에서 흐리게 쓴 연필 글씨를 찾아냈다.

1952년 4월, 한기범.

그렇게 적혀 있었다.

한기범.

한 번도 들어보지 못한 이름이다. 누굴까? 어머니가 모델이 되었다면 어머니와 매우 친밀한 사이일 것이다. 그림은 전혀 아마추어의 솜씨가 아니었다.

1952년 봄이면 은기가 초등학교에 입학하던 해다. 대전 피난지에서 서울로 오던 해. 그렇다면 이 그림은 은기네가 대전을 떠나기 직전에 그려졌을 것이다.

어머니는 이 화가와 어떤 사이였을까. 어머니에게 은기가 모르는 감춰진 인생의 한 자락이 있었던 것일까? 한기범은 누구일까? 끝없는 호기심이 꼬리에 꼬리를 물었다.

이 그림과 연관된 다른 단서가 있을지도 모른다는 생각에, 다시 장롱을 뒤지기 시작했다. 아니나 다를까, 구석에서 작은 사각 봉투 하나가 나왔다.

발신인은 '서울 종로구 수송동 31번지 S여고, 한해정'이었다. 수신인은 '김하린 여사'로 되어 있었다. 봉투 안에는 국전 초대장과 함께 '1955년 국전 특선 한기범'이라는 제목의, 누렇게 바랜 신문기사 스크랩이 들어 있었다.

역시 한기범이다. 다른 사람의 눈을 의식해서, 편지에는 한해정이라는 여성적 이름을 빌렸으리라.

초대장에는 '꼭 와달라'는, 간단하지만 간곡한 글 한 줄도 적혀 있었다. 어머니는 과연 그림을 보러 갔었을까? 은기의 관심은 온통 '한기범'이라는 이름 석 자에 집중되었다. 누굴까. 어떤 사람이며, 어떤 연유로 어머니를 그리게 되었을까.

다음 날, 만사를 뒤로 미루고 수송동의 S여고를 찾아갔다. 한기범이 재직했을 것으로 추측되는 그 학교였다.

"맞습니다. 얼마 전까지도 근무하셨어요."

"혹시 미술 선생님이셨나요?"

"예, 4년 전에 퇴직하고, 지금은 지방 어디로 내려가셨다던데."

교무실의 선생님 여러 분을 붙들고 물은 끝에, '전라남도 해남에 내려가신다고 들었다'는 진술까지를 얻어낼 수 있었다. 그러나 해남의 어디쯤에 사는지 주소도 전화번호도 아는 이가 없었다.

은기는 몸과 마음이 달았다. 이제 해남의 한기범을 찾아가 만나는 것만이 그녀가 성사시켜야 할 지상 과제였다. 그게 아니고는 어머니의 장례를 제대로 끝마쳤다고 할 수 없을 것 같았다. 그게 아니고는 미국으로도, 그곳의 일상으로도 돌아갈 수 없을 것 같았다.

무작정 해남 군청으로 전화를 걸었다. 그간의 사정을 이야기하고, 최근 몇 년 사이 서울에서 전입한 남성의 명단을 확인해볼 수 있겠느냐고 거의 떼를 쓰듯 매달렸다.

—한, 기, 범이라는 분이에요. 서울 S여고에서 미술 선생님으로 재직하셨고, 연세는 아마…….

—죄송합니다. 그런 건 확인해드릴 수 없군요.

—어떻게 방법이 없을까요. 부탁드릴게요.

곤란한 기색이던 군청 담당자가 뜻밖의 아이디어를 건넸다.

—미술협회에 연락을 해보시면 어떨까요. 그 편이 더 빠를 것 같은데요.

—미술협회요?

—미술을 하시는 분이라면서요? 협회에 가입했다면 아마 도…….

한국미술협회 해남지부의 연락처를 얻어서, 비슷한 방법으로 전화를 걸고 수소문을 했다. 간절하면 길이 열린다고, 이번에는 소득이 있었다. 협회 간사라는 사람으로부터 그의 거주지와 전화 번호를 얻어낼 수 있었던 것이다.

전화기의 다이얼을 돌리는 은기의 손이 떨렸다. 신호가 가고 한참 만에 저편에서 전화기를 들었다.

"여보세요."

굵고 점잖은 남성의 목소리.

"여보세요. 말씀하세요."

"저어……."

"실례지만 혹시, 서울 S여고에 계시던 한기범 선생님이신가 요?"

"그렇습니다. 뉘신지요?"

침착한 그의 반응이 흥분으로 들뜬 은기를 다소 진정시켰다.

"안녕하세요. 저는 민, 은, 기라고 합니다."

"민은기……."

은기가 마른침을 삼켰다.

"선생님. 김하린이라는 분을 알고 계시지요? 제가 딸입니다."

수화기 저편에서는 말이 없었다.

"갑자기 이렇게 전화 드려 죄송합니다. 저희 어머니 김하린 씨를 아시는 한 선생님이 맞으신다면, 제가 한번 뵙고 싶어서 전화를 드렸습니다."

수화기 너머에 잔잔한 숨소리가 들릴 듯 말 듯 이어지고 있다.

"김하린…… 참 오랜만에 듣는 이름이군요."

"아아."

"은기라, 이제 생각하니 알겠어요. 내가 알던 은기는 대여섯 살밖에 되지 않은 어린아이였는데…… 지금 전화하는 분이 은기 본인이란 말인가요?"

"예, 선생님. 제가 그 은기 맞습니다."

어머니의 죽음이나 스케치 등에 대해서는 더 말을 꺼내지 않은 채, 그와 만날 약속을 하고 전화를 끊었다. 한기범 역시 갑작스러운 은기의 전화에 무척 놀란 듯했으나 자세한 내막은 묻지 않았다. 다만, 나를 만나러 해남까지 내려와 줄 수 있겠냐고 물어왔을 뿐이다.

"서울에서 해남으로 내려오는 고속버스가 하루에 다섯 대인가 있어요. 출발 시간을 말해주면 도착하는 시간에 맞추어 시외버스 터미널에서 기다리고 있을게요."

"잘 알았습니다, 선생님. 내일 또 연락드리겠습니다."

다음 날 아침, 해남행 버스에 몸을 실었다. 한기범의 스케치를 소중히 간직하고서. 끊임없는 상념과 궁금증에 차창 밖에 펼쳐진 한여름의 풍요로운 경치를 즐길 겨를도 없었다.

뜻밖에도 쉽게 한기범을 만나게 된 것이 다행스러운 한편, 그로부터 어떤 숨은 진실을 접하게 될지 기대되다 못해 두려운 마음마저 들었다.

지나간 날들이 절로 떠올랐다. 기억 속 어머니의 숱한 모습이 빠르게 다가왔고 더욱 빠르게 스쳐 지나갔다. 그것은 지극히 복잡한 퍼즐 속 조각들 같았고, 아무리 머리를 쓰고 궁리해도 하나의 큰 그림으로는 도무지 맞춰지지 않았다.

아침에 탄 버스가 오후 늦을 무렵 해남에 들어섰다. 읍내의 고만고만한 시골 상점들 앞을 천천히 지나친 버스가 시외버스터미널이라 쓰인 허름한 건물 앞에서 멈췄다. 조용하던 차 안이 일순 활기를 되찾았다. 머리 위 선반에 얹어놓았던 짐을 꺼내든 승객들이 차례대로 버스에서 내려섰다.

은기 역시 천천히 그 뒤를 따랐다. 마중 나온 사람들을 살피는데 저편 약국 앞에 서 있는 초로의 남자와 눈길이 마주쳤다. 그가 이편을 향해 다가왔다.

큰 키. 반백의 머리. 건장한 외모. 한기범임을 직감할 수 있었다.

"혹시 민은기 씨?"

은기가 인사를 하며 웃어 보였다. 입가가 가늘게 떨렸다.

"민은기입니다. 한 선생님 맞으시지요?"

"한기범입니다. 먼 길을 오느라고 고생하셨소. 그런데……."

"……."

"어머니는 함께 오시지 않았군요? 혹시나 했는데."

"예, 선생님. 저 혼자 왔습니다."

어머니의 죽음을 어떻게 알려야 할까. 은기는 다시 한 번 생각을 가다듬었다. 버스 터미널을 벗어난 두 사람이 큰길가로 나섰다. 건물이 있고 차들이 다니고 사람이 많은 읍내 거리는 넓지 않았다. 조금 걸으니 이내 들판이 펼쳐진 시골길이 나왔다.

오후의 햇살이 두 사람의 그림자를 길게 드리웠다. 은기는 앞서 걷는 그의 뒤를 자연스레 따라 걸었다. 큰길을 벗어나 배롱나무에 붉은 꽃이 한창인 마을 입구로 들어섰다. 고즈넉하고 아름다운 마을이었다.

어느새 저녁의 붉은 기운을 띤 하늘은 바닷바람에 씻긴 듯 깨끗했고, 납작한 집 마당에 무리지어 핀 분홍 족두리 꽃이 아름다웠다.

한동안 말없이 앞서 가던 한기범이 잠시 걸음을 멈추었다. 그리고 은기를 돌아보았다.

"갑자기 이 먼 곳까지 나를 찾아온 데는…… 필경 무슨 연유가 있겠지요. 안 그런가요?"

얼른 대꾸할 말이 떠오르지 않았다.

"조금 더 걸으면 조용히 이야기를 나눌 만한 곳이 있으니 그리로 갑시다. 그리고 곧 날이 저물 텐데…… 숙소는 어떻게?"

"아직 계획이 없습니다."

"그러시군. 내가 사는 집이 누추하지만 우리 집으로 갑시다. 괜찮으면 거기서 묵고 내일이나 돌아가요."

"그런 폐를 끼쳐서……."

"폐라니 별말을. ……나도 이렇게 장성한 은기 씨를 만나니 묻고 싶은 이야기도 많고 듣고 싶은 이야기가 많소. 집에는 내 누님이 혼자 계시니 행여 불편하게 생각지 말고……. 은기 씨는 아마 기억을 못 하겠지만, 우리 누님은 은기 씨가 온다니 무척 반가워합디다."

그의 말이 은기를 더욱 미궁으로 몰았다. 이분의 누님이 어떻게 나를 알고 반가워한다는 말인가? 그를 따라간 곳은 동네 뒤편 언덕의 작은 초당이었다.

인적도 드물고 경관이 아담한 곳이었다. 은기를 마당에 두고 방에 들어갔던 그가 잠시 후 찻잔 두 개와 차가 담긴 주전자를 쟁반에 얹어 들고 나왔다. 평상에 마주 앉은 그가 잘 우려내 식힌 차를 은기에게 권했다.

"한 잔 들어봐요."

"감사합니다."

그가 권하는 녹차 한 모금을 입에 머금고, 고개 들어 주변을 살폈다. 산이랄 것도 없는 야트막한 언덕. 손수 지은 것 같은, 방 한 칸과 작은 쪽마루가 전부인 그곳은 마당의 우물과 그 앞의 오래된 배롱나무가 인상적인 집이었다. 그저 누가 가끔 와서, 하늘이나 바라보며 바람을 쐬다 가도 좋을 것 같은 공간이었다.

"참 좋은 곳이네요. 손수 지으신 집인가요?"

"집이랄 것도 없어요. 서울서 선생 노릇 하던 걸 접고는 누님 계신 이곳으로 내려와서 그림이나 그리겠다고……."

"저 배롱나무와 우물이 아주 인상적입니다."

"저게 집 짓는 값보다 더 들었다오."

그렇게 말하며 소탈하게 웃는다. 볼수록 편안한 사람이었다. 입은 옷과 표정과 말투가 그랬고, 은기에 대한 호기심을 보이지 않는 것이 역시 그랬다. 마음이 좀 진정이 된 은기가 가방에서 어머니의 초상 스케치를 꺼내어 말없이 그에게 건넸다.

"어머니가 가지고 계시던 그림입니다. 이 그림이 저를 여기까지 오게 했어요."

내미는 그림을 받아드는 한기범은 그것이 무엇인지 알겠다는 듯 말없이 고개를 끄덕였다. 무수한 감정이 스쳐 지나가는 듯했다.

"그림을 보는 순간, 한눈에 저희 어머니인 것을 알아보았습니다."

"······."

"궁금해요. 선생님께서 이 그림을 그리시던 때의 저희 어머니 이야기를, 어머니에게서는 전혀 듣지 못한 그 이야기를 듣고 싶어 왔습니다."

"어머니가 가지고 계시던 거라니······ 그러면 어머니가······ 혹시?"

그의 물음에 은기는 잠시 숨을 멈추었다. 차마 입이 떨어지지 않았다.

"돌아가셨습니다. 지난달에."

"······그랬군."

"갑자기 쓰러지셔서 응급실에 실려 가셨다가······ 제가 미국에서 막 도착했을 때는 이미 의식불명이었어요."

한기범이 긴 한숨을 뱉었다.

"은기 씨로부터 전화를 받고는, 어쩐지 좋지 않은 예감이 듭디다. 어머니에게 무슨 일이 있는 거 아닐까 하는."

어두워지기 시작하는 산자락을 바라보며 은기가 이야기를 시작했다.

"지난 몇 년 동안 어머니를 떠나 있었어요. 결혼하고, 공부한다고 멀리 미국에 가 있었죠. 그때부터 어머니는 혼자 외롭게 지내셨죠. 저 말고는 다른 자식이 없으셨고 당신 형제들도 모두 외국에 나가 있고⋯⋯."

"⋯⋯."

"그 외로움이 병이 됐는지, 너무 이른 나이에 갑자기 돌아가셨어요. 아무 말씀도 남기지 않으시고. 어머니가 남기신 물건을 정리하던 중에, 그림과 함께 선생님께서 보내신 전람회 초대장을 보게 되었습니다. 그러고는 선생님이 계시던 학교를 수소문했고요."

천천히 고개를 끄덕인 한기범이 다시 조심스레 그림을 말아서 은기에게 돌려주었다.

"이 시절 어머니의 이야기를 듣고 싶다고 했지만, 실상은 별로 해줄 말이 없어요. 내 마음속에 묻힌 나 혼자만의 이야기 말고는⋯⋯."

한기범의 얼굴에 깊은 그늘이 스치고 지나갔다.

"이 스케치 말고도, 유화로 그린 초상화가 있는데 그 그림을 시작한 첫날이, 그러니까 은기 씨 어머니를 만난 마지막 날이었소."

"아아."

"어머니의 그림으로 내가 상을 타게 되었고, 그래서 누님의 이름으로 초대장을 보냈지요. 시집살이하는 사람인 것을 알고 있었으니까."

"어머니는 전시회장에 안 오셨던가요?"

"혹시나 하는 마음에 매일 그곳에 나가 기다렸지요. 혹시 어머니가 와주지 않을까. ……헛된 기대였어요."

"……."

말을 마친 그의 음성이 잠겼다. 그는 마치 어제의 기억을 이야기하듯 감회에 젖은 얼굴이었다.

"그때 나도 깨달았어요. 어머니가 나를 만나는 일을 두려워하고 있다고. 왜겠어요? 어머니는 알고 있었던 거지요. 내가 아직 어머니를 잊지 못하고 있다는 사실을. 어머니를 다시 만난다면 내가 다시 심한 열병을 앓게 되리라는 사실을. 그것을 잘 알고 있었던 것이오."

은기가 눈을 감았다. 저린 듯 가슴이 아파왔다.

"그 후로도 몇 번 편지를 보냈지만, 늘 반송되어 되돌아오곤 했어요. 알고 보니 계동에서 가회동으로 이사를 한 뒤였더군."

사방은 이미 어두워졌다. 어둠에 묻힌 그의 표정을 그의 음성을 통해 느낄 수 있었다.

"만에 하나 어머니와 재혼을 했더라면…… 그랬더라면…… 난 행복한 사람이었겠지. 하지만 그림을 계속하지는 못했을 것이오. 사는 것이 너무 행복했을 테니까."

"……."

"어머니 덕분에 다시 붓을 들었어요. 그리고 어머니 덕분에 지금까지 그림을 그리고 있어요."

은기가 미소를 지었다. 그리고 고개를 끄덕였다. 그의 진심이 그대로 느껴졌다.

무거운 분위기를 털어내듯 한기범이 일어섰다.

"날이 저물었는데 우리 집으로 갑시다. 가서 저녁이나 들고 또 이야기 합시다."

"예, 고맙습니다."

"우리 누님도 은기 씨를 만나고 싶다며 절집에서 잠시 내려와 있답니다."

"절집이라면……."

"혹시 기억 안 나요? 은기 씨 어릴 적에 어머니가 다니던 대전 봉선암…… 내 누이가 그곳에 계셨소."

"아아……."

그렇구나! 봉선암.

어릴 적 대전에서 피란살이를 할 때, 엄마 따라 봉선암에 가는 것이 은기는 좋았다. 엄마가 법당에서 제를 지내는 동안 절 마당에서 놀던 기억이, 절집의 벽마다 그려진 재미있는 그림을 구경했던 기억이 아직 생생했다. 스님이 내주는 약과며 과줄을 싸가지고 집에 가던 길도 어제 일처럼 떠오른다.

그때 그 스님이, 그렇다면 한 선생의 누이라는 말인가?

저녁연기가 나는 마을을 향해 두 사람이 언덕길을 걸어 내려갔다. 집집마다 어슴푸레한 불빛들이 하나둘 켜지며 어둠을 밝혔다. 아름다운 풍경이었다. 이 시골 마을의 아늑하고 푸근한 정취에 젖어, 휘적휘적 앞서 걷는 한기범까지 마치 오래 알고 지내던 사람 같은 믿음과 따스함이 느껴졌다.

'실상은 별로 해줄 말이 없어요. 내 마음속에 묻힌 나 혼자만의 이야기 말고는…….'

아까 그가 했던 말을 떠올려본다. 한기범에게 어머니는 어떤 사람이었을까. 어머니에게 한기범은 어떤 사람이었을까.

안
과
밖

한기범을 따라 그의 집에 들어섰다. 나이 지긋한 여승 한 분이 은기를 끌어안듯 반갑게 맞이했다.

"아이고, 어서 와요. 어서 들어와요."

"아, 스님."

"아휴, 참 곱기도 하지. 어머니를 딱 빼닮았네. 어쩌면."

오래전이라 그 얼굴은 기억나지 않았지만 어머니와 다니던 봉선암의 풍경을 덕분에 다시 떠올릴 수 있었다.

스님은 두 손을 모아 합장을 했다.

"관세음보살, 이렇게 아기씨를 다시 만나게 하시다니……. 부처님의 은덕입니다."

"반겨주셔서 감사합니다, 스님."

"어서 들어와요. 시장하실 텐데."

스님은 서둘러 앞장을 섰고 세 사람이 안방에 들어섰다. 방 가운데는 저녁상이 준비되어 있었다. 손님이라고 은기를 상좌에 앉힌 스님이 따끈한 맑은 장국과 밥그릇이 담긴 쟁반을 가져왔다. 은기를 위한 것인 듯 구운 조기며 생선 전유어까지, 여느 집 손님상과 다름없는 조촐한 상이었다.

상을 마주한 한기범이 은기와 스님을 보며 쾌활하게 말했다.

"아이구, 오늘은 서울서 온 손님 덕분에 생선 맛을 보겠군요."

"자, 어서 들어요. 시장할 텐데."

"이렇게 훌륭한 저녁을 차려주시니 정말 감사합니다."

"물 좀 가져올 테니 먼저 들어요."

버스를 타고 오는 중간에 휴게소에 대충 때운 점심이 신통치 않았던 터였다. 달게 저녁 식사를 마치고, 세 사람이 다과상을 놓고 둘러앉았다.

"아기씨, 나를 기억하겠어요?"

스님이 먼저 입을 열었다.

"대전에 피난을 와 계시던 시절 아기씨의 어머니가 나 있던 절로 제사 불공을 드리러 오면서 늘 아기씨를 데리고 왔었어요. 그때 아기씨가 대여섯 살밖에 되지 않았고 어머니는 갓 서른을 넘긴 젊은 댁이었죠."

"어렴풋이 생각이 납니다."

"참 세월이 빠르기도 하지, 아기씨가 그때의 어머니 나이가 됐으니. 그래, 어머니는 편안하세요?"

한기범이 누이를 돌아보며 무겁게 입을 열었다.

"은기 씨가 여기까지 온 것이 그 때문이랍니다. 어머니의 이야기를 내게서 듣고 싶어서. ……은기 씨 어머니는 며칠 전 영가가 되었답니다."

놀란 스님이 손으로 입을 가리며 은기를 바라보았다.

"어머니 유품 속에서 내가 그린 어머니 그림을 발견했대요. 그를 통해 나를 수소문해서 찾아온 거예요."

스님이 눈을 감았다.

"나무아미타불 관세음보살, 나무아미타불……."

잠시 침묵이 흘렀다.

한기범이 입을 열었다.

"어머니를 처음 만난 것은 대전의 시장에서 장사를 하던 때였소. 육이오 전쟁 때. 전쟁을 피해서."

"역시 그랬군요. 대전……."

"난 그때 막 미군 부대를 통해서 시장에 나오기 시작한 카메라를 파는 가게를 열었어요. 가지고 있던 돈이 있어서 점포를 얻었는데, 그렇지 못한 사람들은 모두 적당한 곳에 자리를 잡고 시장통에서 물건을 팔던 시절이지요. 하루는 젊은 여자 둘이 다른 상인들에게 쫓겨났는지 자리를 잡지 못하고 주변을 두리번거리며 살피고 있는 겁니다. 한 사람은 이제 겨우 고등학교를 졸업했을까 말까 한 어린 처녀고, 한 사람은 머리에 수건을 눌러 썼지만 아주 젊은 여자라는 걸 알 수 있었지."

밤이 깊어가고 있었다.

"두 사람 다 장사를 처음 나온 것 같은데 안됐다는 생각이 들어서, 내가 나가 말을 걸었지. 그랬더니 나이 어린 사람, 그러니까 은기 씨의 고모 되는 병주 씨가 시원시원하게 말도 잘하고 그 상황에서도 태연하게 웃으며 부탁합디다. 여기 아저씨 가게 앞에서 장사를 하면 안 되겠느냐고. 얼떨결에 허락을 했지. 그러고는 수건을 벗으며 고맙다고 인사하는 은기 씨 어머니를 마주하게 되었소. 그것이 내 운명을 바꿔놓은 시작이었지."

"……."

"그렇게 아름다운 사람은 처음이었소. 살아있는 사람이 맞나 싶을 정도로. 감동적이라고 할까. 전쟁이 여인에게 걸치게 만든 그 허름한 의상으로 그 아름다움은 아주 신비한 것으로 보였소. 순간 심장에 화살이 꽂히는 강렬함 같은 걸 느꼈지요. 이해할지 모르겠지만, 나는 그것이 나의 운명이었다고 생각해요."

은기는 초조하게 그가 다음 말을 잇기를 기다렸다.

"이후로 아침마다 일찍 가게 문을 열고 은기 씨 어머니가 보이길 기다렸지. 어쩌다 어머니가 장사를 나오지 않는 날이면 나는 안절부절못하며 온갖 상상을 하게 되고. 이름도 성도 모르는 사람을, 남편이 있는 남의 부인인지 아닌지도 모르는 여인을 일방적으로 좋아한다는 것은 한마디로 고통이었소."

"……."

"어느 날 몰래 뒤를 밟아 살고 있던 집을 알아내었고, 그 집을 수없이 맴돌며 사정을 알아보려 애를 썼지. 감히 어머니에게는 말 한마디 붙여보지 못하고. 그렇게 근 1년을 보냈소. 그렇게 얼마가 지나고 어느 날, 절에 남편 제사 불공을 드리러 온 어떤 젊은 부인의 이야기를 여기 누님으로부터 우연히 듣게 되었어요. 듣고 보니 바로 은기 씨 어머니인 거요."

한기범이 말을 멈추었다. 잠시 후, 스님이 이야기를 시작했다.

"젊은 부인이 시누이와 어린 딸을 데리고 제사 불공을 드리러 왔는데 두 사람 다 말하는 것이며 행동거지가 여느 사람들과는 다릅디다. 남편의 제사를 모시는 젊은 댁이 너무 젊고, 이 사람 말대로 정말 출중해서 마음이 더 아프더군요. 이제 갓 서른이나 됐을까 싶은 젊은 여자가 남편의 제를 올리니……. 전쟁 중에 남편을 잃었나 했는데, 나중에 알고 보니 그것도 아니고 스물일곱에 남편을 떠나보냈다고 하더군요. 가여운 마음에 동생에게 무심코 이야기를 했던 거고, 동생이 마음에 두고 그리는 사람이 바로 그 젊은 과수댁이라는 것을 눈치채게 되었지요."

"대전 봉선암…… 기억나요. 어머니를 따라서 갈 때면 늘 제게 강정이며 약과를 챙겨 주시던 스님이 계셨는데…… 그분이 바로……."

은기가 말을 채 마치지 못하고 해정 스님의 손을 잡았다. 스님
이 빙그레 웃었다. 감회에 젖은 미소였다.

"남편이 없는 사람이라는 사실을 알았지만 여전히 불안했소.
피란 생활이니 언제 대전을 떠날지 모르는 일이니까."

한기범이 말을 이었다.

"장에 나온 지 1년 정도 돼서부터는 강씨 아주머니를 대신 장
에 내보내고는 발길을 끊더군요. 그분이 눈치가 빠른 사람이라
처음에는 나를 무척 경계했어요. 한번은 내가 '은기 어머니는 왜
시장에 안 나오느냐'고 초조한 김에 물었다가 그 양반한테 크게
혼이 났지. '당신이 그건 알아서 뭘 하려는 거냐'면서. 할 수 없이
여기 누님에게 내 마음을 털어놓았고, 다음 제삿날이 언제인지
알아내서 봉선암으로 갔어요."

기억을 더듬는 한기범의 얼굴에 다시 오지 않을 시절을 향한
그리움이 묻어났다.

"남편의 제사를 지내는 어머니를 법당 밖에서 한참 바라보았
소. 흰 치마저고리를 단정히 입고 서서 죽은 남편을 위해 끝없이
절을 하는 그 모습……. 감히 세속의 눈으로 바라보는 것조차 죄
스러워지는 순결함이 있었어요. 늘 회색 바지에 검정 스웨터를
입고 머리에 수건을 쓴, 장터에서 보던 모습과는 또 다른 아름다
움이랄까."

"그때 난 결심을 했지. 어떤 대가를 치르더라도 내가 저 여인을 지켜주겠다고. 그러나 나는 그때 젊었고, 부친의 강권으로 결혼이라는 것을 했지만 사랑을 경험해본 적이 없었소. 더구나 내가 어머니를 만난 환경이란 것이 시장 바닥에서 하루하루를 전쟁하듯 살던 때이니 내 마음을 스스로의 언어로 표현할 줄 몰랐어요. 현실적으로 나나 내가 사랑하는 사람이나 모두 뜨내기 생활이었으니 상황이 어떻게 변할지 몰라 늘 초조했지. 세상은 질서도 법도 없는 난장판인 데다 언제 짐을 싸서 떠날지 모르는 피란 시절이니. 더구나 휴전 이야기가 나오면서 다들 고향으로 돌아가는 분위기로 웅성거리는 때였고, 더 기다리지 못하고 어머니께 내 마음을 고백하기로 마음먹었어요."

말을 잠깐 끊은 그가 물 한 모금으로 목을 축였다. 60세 가까운 나이의 그였지만 아직 흐트러지지 않은 얼굴 윤곽. 길고 잘생긴 손. 어머니도 이 남자의 손이 잘생긴 걸 알았을까?

"강씨 아주머니가 갑자기 돌아가시고, 그분의 입재가 있던 날에 절로 찾아가 어머니를 만났어요. 그러고는 발작 같은 고백을 했어요. 나를 받아달라고. ……어머니는 그다지 놀라지 않은 눈치였어. 내 마음을, 내 간절함을 처음부터 알고 있었던 것이지."

"어머니는 뭐라고 하셨나요."

"그럽디다. 자신도 나를 사모한다고. 그러나 자기는 절대로 재혼을 할 수는 없는 사람이라고. 그것이 타고난 운명이라고."

은기가 고개를 끄덕였다. 어머니라면 분명히 그렇게 말하고도 남았으리라.

"나는 운명이라는 말을 믿지 않았어요. 운명 같은 것은 없다고 믿었지. 그리하여 어떻게든 어머니의 마음을 돌이키려고 애를 썼지. 그러다가 어머니가 누님에게 맡긴 편지를 보게 되었고, 어머니가 말한 그 운명이 무언지를 알게 됐어요."

"……."

"어머니는 시할아버님과 그 가문을 매우 소중하게 생각했어요. 하기야 조선 말 제일의 명문가이고 나라를 좌지우지하던 그 유명한 민씨 집안 종부이니. 자부심이 컸을 것이고, 자부심이 큰 만큼 부담도 컸을 것이고. 결국 자신의 인생을 그 가문의 울타리에 가두어버린 것이지. ……충의공 같은 집안의 종손부로서 재혼을 한다는 것이, 어머니 아닌 다른 여자였어도 아마 쉽지 않은 일이었을 거예요. 사람은 각기 사는 이유와 지키고 싶은 가치가 따로 있는 법이니……."

"그림은…… 어떻게 그리게 되신 것인지요?"

"어머니가 고민 끝에 내 간절한 청을 받아들여준 것이지요. 모델이라니, 어머니로서는 대단한 결심이었을 테지. 그것이 나에 대한 연민과 사랑의 표현이라는 생각에, 그야말로 혼신의 힘을 다해 작업에 몰두했소. 단 하루였지만 어머니가 나를 위해 시간을 내주었다는 그 사실…… 내게는 어떤 사랑의 언어보다 강렬한

기쁨과 자신감을 주었다오. 그 작업 이후로 나는 다시 붓을 잡게 되었고 지금까지 이렇게 살고 있어요. 충의공의 가문이 은기 어머니 김하린의 운명이라면, 김하린은 나의 운명이었소. ······내일은 내가 어머니의 그 초상화를 보여주리다."

한기범의 오랜 이야기가 끝났지만 은기는 이야기가 끝났다는 사실조차 한동안 깨닫지 못했다.

놀라움과 연민, 안타까움, 그리움과 서글픔. 무수한 감정들이 은기를 송두리째 흔들어놓았다. 차갑게 식은 차 한 모금을 삼킨 은기가 조심스럽게 말을 건네었다.

"아직도······ 어머니를 그리워하시나요?"

한기범이 눈을 감았다.

"20여 년 전의 일이오. 은기 씨에게 25년이란 세월은 무척 긴 시간으로, 아주 오래전으로 느껴질지 모르지만, 나이가 들면 시간의 개념이 달라진다오. 어떤 일은 어제의 일이라도 아득하게 느껴지고, 때로는 오래된 기억도 바로 어제의 일처럼 생생한 법이지."

"······."

"······김하린이라는 여인을 그리워한다기보다, 사랑의 열병을 앓던 그 시절을 지금도 가끔 되돌아보곤 하지요. 나를 위해 비단 옷을 입고 녹색의 뜰에 앉아 있던 어머니의 모습······ 지금도 손에 잡힐 듯 생생해요. 그러나 마음속의 격랑은 가라앉은 지 오래요. 감정이란…… 기억처럼 오랜 생명을 가지지는 않는 것인지."

곁에 앉아서 이따금 고개를 끄덕이며 동생의 이야기를 듣던 스님이 껴들었다.

"이 사람이 속만 태우는 모습이 하도 답답해서, 내가 어느 해인가 가회동 댁으로 어머니를 찾아갔던 적이 있었지요. 아기씨 할머님도 계시던 때인데……. 그때 어머님이 말씀합니다. 좋아하는 사람과 일생을 함께할 수 있으면 그게 극락일 터이지만, 당신은 극락에 들 사람이 못 된다고. 공연히 어머님 마음만 상하게 한 것 같아서, 그 일이 아직도 마음에 걸려요."

은기는 어머니가 남긴 말의 여운에서 쉽게 헤어나지 못했다.

가여운 어머니……. 어째서 스스로 문을 닫고 만 것일까. 이렇게 떠나가면 그만일 것을, 어째서 스스로 문을 열지 못하고 외롭게 사셨던 것일까.

한숨도 잠들지 못하고 밤을 꼬박 지새웠다. 어머니와 한기범의 과거가 은기를 놓아주지 않았다. 한 사람은 죽은 조상을 위해 인생을 바치고 또 다른 사람은 숨어 사는 여인에게 인생을 걸다니……. 어머니보다 한기범이 은기의 마음을 더 무겁게 했다.

아침이 밝았다. 다행히 머릿속은 맑았다. 정성껏 준비해준 아침 식사를 마치고, 은기는 한기범을 따라 그의 작업실로 갔다. 그의 작품들을 보관하는 공간이기도 했다.

은기를 안내한 한기범이 창문을 가린 커튼을 활짝 열었다.

벽에는 두 점의 대형 유화가 걸려 있었다.

창문을 통해 들어오는 아침 햇살을 한껏 받은 그림들. 모두 어머니의 초상화였다.

"아."

은기는 숨이 막혔다. 하나는 스케치에서 본 대로 의자에 앉아 마당을 바라보는 자세였다. 다른 하나는 진달래 밭에 서서 웃는 듯 마는 듯 미소를 머금고 서 있는 모습이었다.

유화 속 젊은 어머니는 우아하고 아름다웠다. 어머니의 그 우수와 정결함, 범접하지 못할 위엄이 그대로 보이는 익숙한 어머니의 얼굴이었다. 은기는 그림에서 눈을 떼지 못했다. 그리움이 물밀 듯 밀려왔다.

"엄마에 대해 너무 모르고 살았나 봐요. 자신이 여기 이렇게 영원한 여인으로 있게 될 것을, 어머니는 알고 있었을 테죠?"

한기범은 아무 대답이 없었다. 묵묵히 그림 속 여인을 바라볼 뿐이었다.

작업실에서 나온 두 사람은 햇살이 좋은 마루에 앉았다. 다기를 가져온 한기범이 익숙하게 녹차를 만들어 은기에게 권했다.

"그래, 은기 씨는 행복하오?"

"예, 저는 행복합니다."

한기범이 껄껄 소리 내어 웃었다.

"아주 좋은 이야기요. 주저하지 않고 행복하다고 말할 수 있다는 것. 앞으로도 부디 행복하기를 바라오."

말을 마친 한기범이 일어서며 말했다.

"은기 씨에게 주고 싶은 것이 있소."

그가 말없이 내민 것은 어머니의 흑백사진이었는데 꽤 여러 장이었다.

"그림을 시작하기 전, 사진을 찍어두었어요. 어머니는 부득이 싫다고 했지만 작업을 완성하려면 꼭 필요하다고 내가 우겨서 겨우 몇 커트 찍은 것이오."

"사진도 그림만큼이나 좋은데요? 작품입니다."

"그거 고마운 말이군."

"정말입니다. 우리 어머니가 이렇게 우아하고 맵시가 있으신 줄 여태 몰랐어요."

"그때 카메라 장사를 할 때라, 제일 좋은 카메라를 가져오고 렌즈를 여러 개 바꿔가며 공을 들여 찍었지. 찍는 내내 어머니가 무척 어색해했는데, 그날의 기억은 지금도 어제의 일 같소."

"눈에 선히 그려지는 모습이네요."

"이 사진을 대하노라면, 그날 뷰파인더 너머로의 김하린을 바라볼 때의 느낌들이 고스란히 되살아나곤 해요. 김하린의 영혼까지 사진으로 담아보고 싶었던……. 행복한 순간들이었소."

"사진 속에 그 마음이 고스란히 느껴집니다."

"역시 고마운 말이군."

"이 사진들, 정말 가져가도 될까요?"

"물론이오. 나는 사진의 필름을 간직하고 있으니."

사진을 받아 가방에 넣고는 만년필과 메모지를 꺼내었다. 자신의 미국 연락처를 적어 한기범에게 건네었다. 그가 은기에게 미국으로 연락할 일이야 없겠지만 그녀 나름대로 신뢰와 친근감의 표시였다.

"어머니는 한 선생님을 무어라 부르셨나요? 저도 그대로 불러드리고 싶어요."

"처음에는 날 뭐라 부르지도 못했소. 늘 주어가 생략된 언어였지. 그러다가 내가 전에 교편을 잡았다는 것을 알게 된 후로는 한 선생이라 불렀지."

은기가 잠시 망설이다 물었다.

"한 선생님, 그 이후로는 이렇게 늘 혼자 지내셨나요?"

"그렇소. 뭐 내가 혼자 살겠다고 마음을 먹어서 그렇게 된 것은 아니고 살다 보니 지금까지 이렇게 지내게 된 것이지."

은기는 그의 마음을 알 수 있을 것 같았다. 자기와 사는 것이 지상의 행복이라고 생각하며 자기를 그리워하는 여인이 가까이 살고 있다는 사실만으로도 그는 행복하지 않았을까? 아니면 그는 그 사실을 배반할 수 없었던 것일까?

어느새 해가 벌써 하늘 한가운데에 와 있었다.

"이제 저는 가봐야겠습니다."

"시간 참 빠르기도 하군."

"여기 일이 정리가 끝나는 대로 바로 미국으로 돌아가야 해요. 어머니 생각이 나면 선생님께 연락을 드리고 싶어요. 그래도 상관없을까요?"

"그럽시다."

한기범과 은기가 나란히 마당을 가로질렀다.

"은기 씨를 보면서 이런 생각을 해보았어요. 어머니가 이 시대에 태어났더라면 어떤 선택을 했을까. 그렇게 힘들게는 안 살지 않았을까."

"……."

"불과 30년도 안 되어서, 우리의 모든 것이 송두리째 변했어요. 사회도, 가치도, 사람도. 그래서 더 허무하고 안타까운 거예요. 그렇게 살다 가신 것이……."

한기범이 말끝을 흐렸다. 어머니의 죽음에 그는 이제야 이슬 같은 눈물을 보였다. 이제쯤은 어머니에 대한 그리움도 다 잊었을 것 같던 그가 보이는 눈물이 은기의 가슴을 아프게 했다. 은기는 한기범을 애써 외면하며 서둘러 자리에서 일어났다.

해정 스님을 뒤로 하고 한기범과 함께 터미널로 가는 길을 걸으며 그녀는 어머니가 사랑했던 남자의 외로운 뒷모습을 유심히 바라보았다.

배롱나무에 붉은 꽃이 한창인, 여전히 고즈넉하고 아름다운 마을이었다. 어제 오후 저녁나절, 이 길을 걸어오던 때를 생각해본다. 불과 몇 시간 전의 일이건만 그새 일주일은 더 지난 것만 같다.

오후 12시 40분에 출발하는 버스표를 끊고 나니 30분 정도 시간이 남아 있었다. 터미널 근처 식당에서 두 사람이 함께 점심을 했다. 허름한 식당이었지만 뜨겁게 데워 나오는 국밥의 맛이 나쁘지 않았다. 한사코 밥값을 지불하는 한기범의 고집을 은기는 결국 꺾지 못했다.

"이렇게 신세만 지고……."

"아니요. 무슨 그런 말을."

그가 나지막이 말했다.

"은기 씨 덕분에 다시 한 번 마음속에 묻어두었던 사람을 만났소. 잊었다고 생각해도 기억은 늘 새롭게 지난 시간들을 재생하는 것 같아요. 은기 씨 덕분에 내가 모르던 김하린의 모습을 보게 되었고……."

손목시계를 굽어보며 버스 시간을 확인하던 한기범이 문득 생각난 듯 물었다.

"참, 그분…… 은기 씨 고모님은 어떻게 되었나요. 병주 씨."

"아, 잘 지내고 계세요."

"외국인과 결혼해서 외국으로 갔다는 이야기는 들었는데."

"맞아요. 그래서 집안을 발칵 뒤집어놓았지요. 결국 고모는 바라던 대로 공부를 했고, 지금은 그곳 대학에서 교수가 되어 학생들을 가르치고 계세요."

"그래. 결국은 성공을 하셨구먼. 활달하고 붙임성도 좋고 그래서, 어떤 일을 하건 성공할 사람 같았지."

"고모 덕분에 저도 미국에서 공부를 하게 되었으니까요."

"아하."

고개를 끄덕이는 그의 음성에 그리움과 회한이 묻어났다.

서울행 버스가 멈춰서고, 짐을 든 사람들이 우르르 출입문 쪽으로 모여들었다.

은기가 한기범에게 손을 내밀었다.

"선생님, 건강하세요. 다음에 서울에 오면 또 연락드릴게요."

은기의 손을 잡은 한기범이 천천히 고개를 끄덕였다.

"그래요. 반가웠소. 마무리 잘 하시고. 미국 가서도 하는 공부다 잘 되시고."

"네, 그럴게요."

"어머니가 자랑스러워하실 거요. 은기 씨 같은 딸을 두었다는 것을."

그의 말에 대꾸할 말을 찾지 못한 채, 버스에 몸을 실었다. 창가 자리에 앉을 때까지, 한기범이 그 자리에 서서 이편을 지켜보고 있었다.

버스가 천천히 후진하더니 터미널 출구 방향으로 크게 우회전을 했다. 순간 작은 바람이 한기범의 머리칼을 흐트러뜨렸다. 머리 위에서 빛나는 한여름의 태양조차 그와 함께 작아지고 빛을 잃어 그는 마치 석양을 등지고 선 사람처럼 외로워 보였다.

창가의 은기가 그에게 손을 흔들어 보였다. 그는 미동도 않은 채 떠나가는 은기를 바라볼 뿐이었다.

바람에 그의 셔츠 자락이 가볍게 나부꼈다.

작
가
의 말

오랫동안 머릿속에서 맴돌던 이야기다.

일제강점기에 태어나 해방과 육이오 전쟁이라는 시대의 격변 앞에 속수무책으로 내던져진 여인들. 왕조의 몰락과 양반계급의 붕괴, 가혹한 전쟁과 함께 밀어닥친 변화의 물결은 사람들의 삶의 뿌리를 송두리째 흔들어놓았으니, 특히 몰락한 왕가와 인연이 깊었던 가문의 여인들의 삶은 더욱 가혹한 것이었다.

그 여인들의 삶의 모습을 그들의 언어로 그려보고 싶었다.

서랑보오소.

서랑과 은기 떠나고 나니

적막강산에 들리느니 새소리뿐이오.

은기 좋아하던 마당의 앵두를 따서

은기 좋아하던 그릇에 담아 상에 놓고 보니

그대들 생각 더욱 간절하오

해마다 열리는 앵두이니

서너 번만 더 열리면 서랑과 은기 만나겠지 하며

그날을 기다린다오.

딸을 멀리 두고도 또 가까이 두고도 늘 그리워하던 나의 어머니.

끝없는 옛날이야기 보따리를 풀어 어린 시절 나의 상상력을 자극

하신 나의 할머니, 두 분께 이 책을 바친다.

귀한 그림을 표지에 쓰도록 기꺼이 허락해주신 황규백 화백님과

제호를 써주신 심현섭 선생님께 깊은 감사를 드린다.

2017년 8월

민명기

민명기

1945년 서울 계동에서 태어났다. 1968년 이화여대를 졸업하고, 1976년부터 2000년까지 미국 American Bar Association, 서울 Accenture 등지에서 근무했다. 고종황제의 외가이며 명성황후의 집안이기도 한 여흥 민씨 가계에서 태어난 작가는 어릴 적 집안 어른들로부터 들은 많은 이야기들을 소설로 옮기고 싶은 꿈을 가지고 있었다. 장편소설 『하린』이 그 첫 번째 작품이다.

하린

초판 1쇄 2017년 6월 20일
초판 2쇄 2017년 8월 15일

지은이 | 민명기
발행인 | 이상언
제작총괄 | 이정아
책임편집 | 손혜린
디자인총괄 | 이선정
디자인 | 김진혜

발행처 | 중앙일보플러스(주)
주소 | (04517) 서울시 중구 통일로92 에이스타워 4층
등록 | 2008년 1월 25일 제2014-000178호
판매 | 1588-0950
제작 | (02) 6416-3934
홈페이지 | www.joongangbooks.co.kr
페이스북 | www.facebook.com/hellojbooks

ⓒ 민명기, 2017

ISBN 978-89-278-0886-2 03810